文学少女

爱恋插话集3

上海文艺出版社

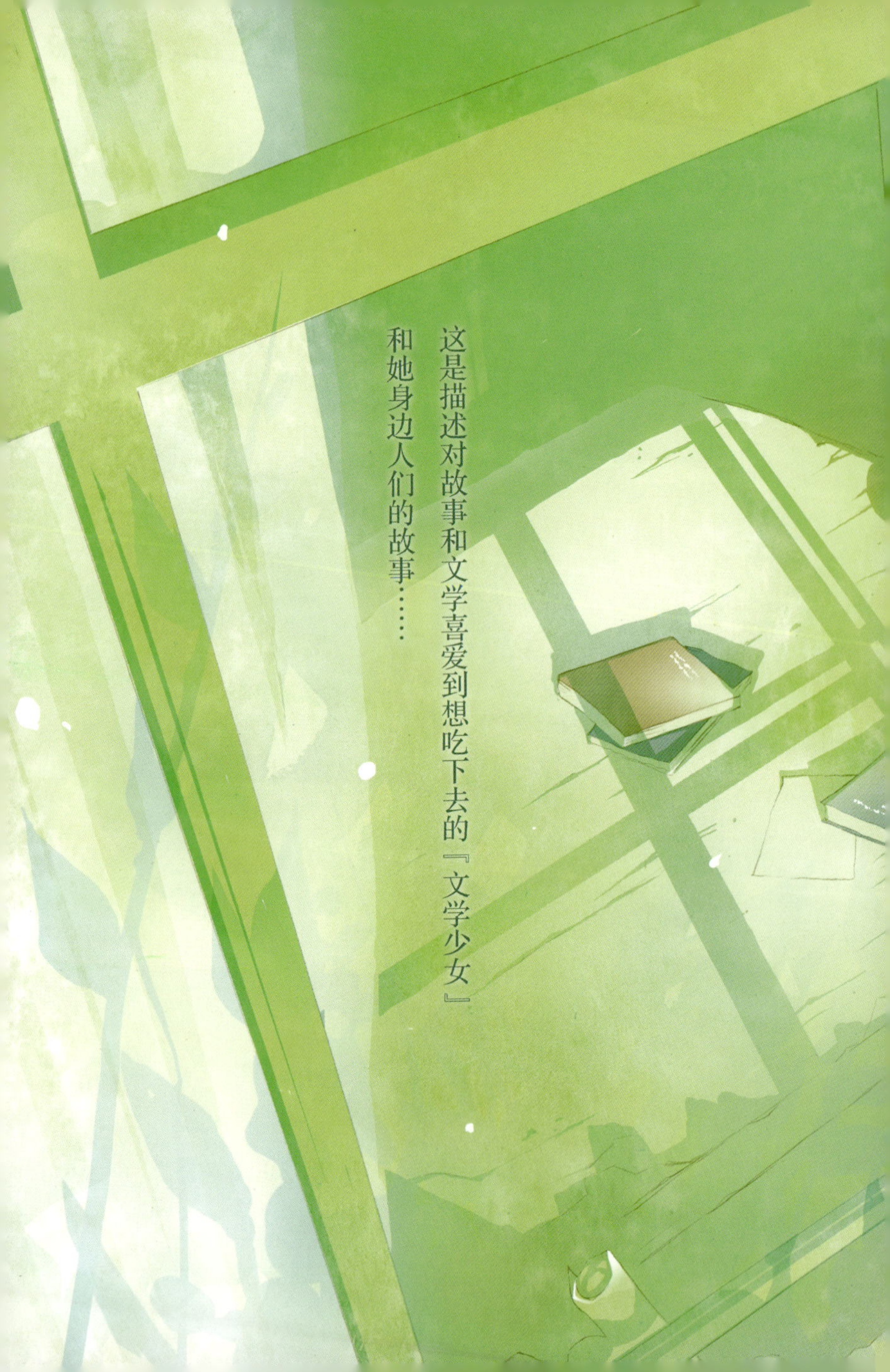
这是描述对故事和文学喜爱到想吃下去的『文学少女』
和她身边人们的故事……

井上心叶
『文学少女』天野远子

鱼谷纱代

仔鹿里佳
竹田千爱

『第一次有人夸我的声音很美耶。啊哈哈，真不好意思。』
水户夕歌

『想学声乐？』

『是啊，真希望将来可以站上歌剧舞台。』

『这样啊……难怪，

我一直觉得你的声音比我更美，更清澈。』

『咦！』

目录

文学少女
爱恋插话集 3

野村美月 /著
哈娜 /译

上海文艺出版社

著作权合同登记号　图字 09-2014-148

图书在版编目 (CIP) 数据

爱恋插话集.3 /(日)野村美月著;哈娜译.—上海:上海文艺出版社,2014
(文学少女)
ISBN 978-7-5321-5340-4

Ⅰ.①爱…　Ⅱ.①野…　②哈…　Ⅲ.短篇小说—小说集—日本—现代
Ⅳ.I313.45
中国版本图书馆 CIP 数据核字 (2014) 第 120517 号

"文学少女"と恋する挿話集 3

责任编辑:谢　锦
特约策划:李　殷
装帧设计:汪佳诗
本书译文为台湾尖端出版社正式授权

爱恋插话集.3(文学少女系列)
[日]野村美月 著 哈娜 译
上海文艺出版社出版
www.slcm.com
上海市绍兴路 74 号
新华书店经销　山东新华印务有限公司印刷
字数 160 千字 开本 787×1092 1/32 印张 8.5 插页 4
2014 年 8 月上海第 1 版　2021 年 10 月上海第 4 次印刷
ISBN 978-7-5321-5340-4/I·4240
定价 48.00

起初我很害怕。

“那个虚伪的笑容要持续到什么时候?”

在黎明的海边，那个人眼神雀跃地凝视着我，露出有如一切了然于心的笑容说。

我不愿让任何人看见真正的我，打算一辈子戴着面具隐藏到底，他却揭穿我藏在面具底下的可耻模样，闯入我的内心。

一意孤行、任性妄为，有时也很残忍。他露出比谁都开朗、有自信的灿烂笑容，说他喜欢我的每一面。

我关上自己的心门，在黑暗中徘徊的那段时间，他还是每天来我家，态度自然地不断跟我说话。

如今，他孩子气的一面、可悲的一面、脆弱的一面，还有他过去的痛苦、呼喊，我全都知道了。

即使如此，当他说出“我喜欢你”时，我还是会感到一阵暖意，并会用毫无虚假的真实心情回答“我也是哟”。

这种时候，我都会觉得……

啊啊，这就是恋爱呀。

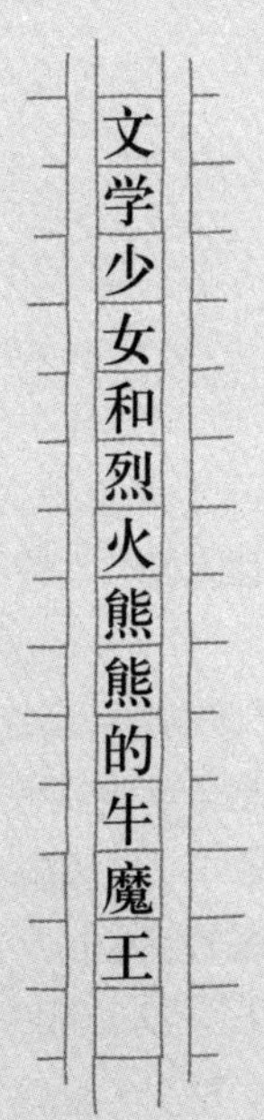

文学少女和烈火熊熊的牛魔王

高一的暑假热得几乎让人脑浆发酵。

“呜呜……全身都黏乎乎的！”

屈膝坐在铁管椅上的远子学姐哀号着。

“为什么文艺社没有冷气或电风扇？窗子全部打开了还是没有风，制服都被汗水弄得湿答答啦！”

远子学姐双手捧着趁校舍没人而擅自用生物教室的冰箱冰过的矿泉水瓶，贴在脸颊上，整个人显得有气无力。

“要度过像卡缪《局外人》一样荒谬的夏天，就得靠冰凉的点心！

心叶，我想吃刨冰风味的故事，上面洒满菠萝糖浆的刨冰！

口感滑嫩的蕨草糕也不错，加了牛奶冰淇淋的芒果百汇也很好吃！麻烦你写个冰凉得会吃到头痛，还会有清凉甘甜滋味扩散在舌上的完美点心喔！”

远子学姐就算热到虚脱，食欲还是很旺盛。她喀啦喀啦地摇着椅子催我，像猫尾巴的长辫子不安地随之晃动。

我坐在老旧木桌前，用 HB 自动铅笔在五十张一叠的稿纸上写下密密麻麻的字。

“既然这么怕热，干脆留在家里看高中棒球赛嘛，这样比起在暑假把学弟找来社团活动室写点心还要凉快多了。”

我的语气很讽刺。

为什么我连暑假都得帮这没常识的吃书学姐写点心？真希望她叫我去的地方是能舒适坐着听音乐的冷气房。

“我不太了解棒球规则嘛。”

“一直看就会懂了，我就算不懂冰壶规则还是会看奥林匹克的冰壶竞赛啊。”

“可是球类运动曾经造成我的心灵创伤……我在小学参加槌球比赛的时候被球打到嘴巴。”

为什么小学生会去参加槌球比赛？而且球怎么会打到嘴？槌球不是像高尔夫那样把球放在地上打吗？

可以吐槽的地方太多了，我只好沉着脸不吭声。远子学姐又笑着说：

“而且，我真的很想吃心叶写的故事嘛。”

她在椅背上支着脸颊，像个出身高贵的千金小姐，端庄地仰望着我。

这招太狡猾了。

远子学姐对僵着不动的我说：“还好心叶闲着没事呢。”

“我才不闲咧！”

我反射性地大喊，远子学姐吃惊地眨眨眼。

“咦？你本来在忙吗？”

“不……不算啦……”

“还是等一下有事要做？”

“也不是……”

“那是为什么？”

“……”

糟糕，我答不出来。

因为我真的很闲。

我的暑假作业在七月已经写完，也没有朋友能一起出去玩，又没有打工，更没有任何兴趣能投注心力。

连妈妈都担心地问“心叶怎么老是待在家里呢?”、“现在是暑假，你没有朋友可以约出去玩吗?”

远子学姐打电话来，确实给了我一个好借口。

妈妈说“慢走，帮我跟天野小姐问好”，非常高兴地站在玄关送我出门。妈妈跟远子学姐讲过电话之后就对她很有好感，还不停夸奖“好有礼貌，真是个有气质的小姐”。

我没告诉妈妈“其实那个人是吃书妖怪，动不动就使唤你儿子”便出门了。

在暑假之中，两次、三次、四次、五次……同样的情况一再发生。

“我一点都不闲！是因为蛮横的学姐硬逼我出来，我只好无可奈何地写点心！”

我说得很愤慨，因为不想让她认为我很闲、很喜欢来学校。

“写好了。”

限制时间还剩十分钟，但我随便收尾，粗鲁地撕下稿纸。

“你快点看吧，我想回去了。”

远子学姐汗水淋漓的脸庞闪耀出光彩，接过我用单手递过去的三张稿纸。

“心叶，谢谢你。我要开动了～呵呵，用‘冰山’、‘手电筒’、‘圣诞树’可以写出怎样的故事呢?”

五分钟后……

惨叫声穿透狭小的文艺社。

“呀啊啊啊啊啊啊！好烫！好辣啊！冰山里面跳出一棵圣诞树，树上烧着熊熊大火，还挂着很多手电筒，每次灯光闪烁，树上就会浮现死者的面容……就像麻糬冰淇淋包了刚煮好的辣椒酱啊！舌头好像着火了！”

我看着远子学姐哭着吃下以辣椒调味的原稿，冷冷地说：“那我先告辞了。”

“啊，心叶。”

她转过头来，一边以手指抹去眼泪，一边露出笑容。

“明天要写更甜的点心喔。”

惨了。

再这样下去，明天我又得来学校。

我胆战心惊地关上社团活动室的门。

暑假时的走廊上很安静，听得见校舍外隐约传来的蝉鸣。

我漫步走着，一边思考事情的起因。

是不是因为我在暑假开始前脚步蹒跚、几近昏厥地来到社团活动室时，远子学姐对我表现得很关心呢？

“……你不嫌弃的话，要吃吗？”

她对我递出自己正在吃的书，然后用柔和的声音谈起国木田独步的《武藏野》，让我感到呼吸顺畅了起来。

错就错在我不该觉得她有恩于我。

那时我用心写一篇三题故事给远子学姐当谢礼，她一吃就夸张地直喊："好好吃！心叶，真的好好吃喔！"我看了也很开心……

后来我又很认真地写了一篇，结果更加不妙。

"好厉害！跟松软的戚风蛋糕一样，味道好温和！还淋了蔓越莓果酱，酸酸甜甜的！"

我都不好意思直视眉开眼笑地吃着稿纸的远子学姐。

为什么我要写得那么认真呢？而且还一而再，再而三地写。

就是因为这样才让她产生期待。后来即使我写的故事再诡异，让她高呼难吃，她隔天还是一脸期待地央求我"今天要写个甜美的故事喔"。

到了秋天、冬天，我也得像这样继续写她的点心吗？

这副情景想象起来毫无困难，害我都开始头晕了。

我来到走廊转角时——像一堵厚墙般挡在前面的东西把我弹开。

"哇！"

我失去平衡，一屁股跌坐在地。

如动物咆哮般的"唔唔"声音从我的头上传来，还有温热的水往下滴。

我讶异地抬头，那是个如公牛般魁梧，身穿柔道服的男学生。

"咦？牛、牛园学长！"

大概三个月前，在我刚进文艺社不久时，我悄悄地策划让柔道社的高二生和远子学姐交往。

我早已发现，他经常面红耳赤地看着远子学姐，还会咬牙切齿地瞪着被远子学姐牵着手拉进文艺社的我。

所以我想，如果能让他代替我当远子学姐的点心师傅兼男友，那对所有人来说都是值得庆贺的事。

不过，事情并没有那么简单。

“呜喔喔喔喔喔喔喔喔喔喔喔！井上啊啊啊啊啊啊啊啊！”

三个月前被远子学姐骂“牛魔王”，泪水泉涌地跑走的柔道社主将，跟当时一样豪迈地哭着朝我扑来。

“呜喔喔喔喔喔——哇啊啊啊！呜哇啊啊啊啊啊啊！”

他粗壮的手臂牢牢抱住我，让我想逃也逃不掉，而且他一边抱还一边吼叫。

我心想牛园学长一定是被远子学姐甩了要找我算账，不禁浑身发抖。

“牛、牛园学长！请冷静一点！远子学姐个性很迟钝，又很容易想歪，她说那种话也不是我害的喔！”

“呜喔喔喔喔喔喔！”

牛园学长喷着豪雨般的泪滴，双手勒得更用力。我甚至做好了死前的心理准备，却听到耳边传来一句悲痛的话。

“我、我忘不掉啊啊啊！至少也要留下我跟天野的回忆啊啊啊啊！”

三十分钟后。

在柔道社的道场里，我和牛园学长相对而坐。

柔道社很有干劲，就连暑假也要练习，不过今天的练习已经结束，宽广的道场里只有我和牛园学长两个人。窗户关得紧紧的，除了闷热以外还充满汗臭味。

牛园学长那张符合名字、如公牛般的脸上流着可观的汗水、泪水和鼻水，他抽抽噎噎地说：

“我、我从高一就开始喜欢天野了！自从图书馆那场命中注定的相逢之后，我一直注意着天野，我也深深相信，等我成了日本第一的柔道家，天野一定会注意到我的英姿，对我露出微笑！可是，天野却用‘我讨厌你，快给我滚开’的表情瞪着我，骂我‘牛魔王’……”

“对、对不起！”

都是因为我怂恿他向远子学姐告白才会这样，这让我有点难过。我双脚并拢，对他深深鞠躬。

“呜喔喔喔喔喔喔！不只这样，她还大叫‘不要抢走我的心叶’，在我面前跟你打得火热热……”

“那是误会啦！哇！”

牛园学长抓起我的衣领，几乎令我腾空。

那张布满泪水、鼻水，哭得一塌糊涂的脸近得快要亲到我了。

“井上！你这浑蛋跟天野有一腿吧？”

“不不不不不是啦！绝对没有！我跟那种贪吃的辫子妖怪怎么可能……”

“妖怪？”

“不，这是一种修饰的说法……我是指我跟那种像妖怪的人不可能……”

“我管你什么修四修五！不准说天野的坏话！天野是女神啊！你这家伙竟敢污辱我的女神！”

“不，我没污辱她，一根毛都没污辱到。”

“呜呜呜呜，既然知道天野有相爱的对象，我……我……我只能心碎地吞下泪水默默看着她……”

“是说……我、我跟远子学姐又没有……”

“井上啊啊啊！”

“是、是的！对不起！”

他粗厚的手指放开我的衣领。下一瞬间，牛园学长突然趴下。

“井上，拜托你！帮忙斩断我对天野的感情吧！”

我坐在地上，愕然地看着牛园学长朝我跪拜。

“秋天有一场重要的比赛，可是我满脑子想的都是天野，完全没办法专心，两腿一下子就没力。我想要忘记天野，朝着最强柔道家的目标迈进，可是最近连学弟都开始担心我，我实在太没用了！

“再这么下去，秋天的比赛我一定会在第一场就输掉。为了崇拜我这主将的社员，我绝不能让这种事发生！所以拜托你！请你帮忙制造我跟天野的回忆，让我斩断这段感情吧！”

他跪地恳求的模样吓坏了我，我尖声回答：

“好、好的，我、我会帮忙，请学长尽量去留下回忆吧！”

真是的，远子学姐到底哪里好啊？爱多管闲事，个性天真，

动不动就做些很乱来的事，还是个吃纸妖怪……

隔天，大概是因为下过雨，校舍比昨天凉快了一点。

我去社团活动室时，见到远子学姐仍屈膝坐在窗边的铁管椅上看书。

她纤细的手指翻开书页，从边缘撕下小块放进嘴里，一脸幸福地咀嚼。

“三岛由纪夫的《潮骚》吃起来就像刚从海里捕到的扇贝呢！如同纯洁少女的肌肤一般光滑，有牛奶的色泽，吃进嘴里顿时尝到无限的海洋芳香，一咬下去满嘴都是清爽的甘甜滋味！”

她沉迷地感叹，接着跟平时一样说道：

“三岛由纪夫是一九二五年一月十四日出生于东京的作家，被大众视为偏激的思想家。一九七〇年，他在新宿市谷的自卫队基地里占据一室切腹自杀，带给世人极大的震撼。

“他的行径和文风都很细致、华丽、唯美，而且轰动社会，能把读者拉进禁忌的世界。揭露自己同性恋身份的惊世之作《假面的告白》，取材自《滨松中纳言物语》、探讨梦与轮回的最后大作《丰饶之海》，以及描绘通奸情节并且让‘踉跄’一词成为时下流行语的《美德的踉跄》……每本的味道都像一流餐厅主厨精选食材做成的料理再搭配高级红酒享用，可是，这本《潮骚》读起来毫不费力，非常轻松。要说不像三岛的风格嘛……其实这才是三岛啊！”

远子学姐带着微笑，表情温柔地翻着书，说明内容。

“据说这部作品受到古希腊故事《达夫尼斯和赫洛亚》的影响，写的是情窦初开的年轻男女的纯真爱情故事。《达夫尼斯和赫洛亚》以爱琴海为背景，清爽的故事描绘出牧歌般的风光，而

《潮骚》也活灵活现地描写了三重县伊势湾的小岛，以及生活在岛上的年轻情侣。

“渔夫新治某天在海边遇见一个清秀的少女，她是船主的小女儿，名叫初江。初江原本送人当养女，但父亲想让她招赘继承家业，因此把她找了回来。

“新治和初江互相倾心，但暗恋新治的千代子心生嫉妒，泄漏了他们的事，所以初江的父亲愤怒地拆散这两人。”

远子学姐似乎很向往这种充满阻碍的恋情，陶醉地叹气，眼神蒙眬得像在做梦一般，接着说：

“后来有个纠缠初江的情敌，两人又无法见面，沉重的情节接二连三地出现，但最后当然还是圆满的结局。仿佛纯白的扇贝在舌上释放甜味，会让人感到一股清爽幸福的感觉喔。”

“真的这么好吃吗？”

“是啊，我好喜欢！”

她脸颊泛红地一口断定。

“远子学姐，你这么想要谈恋爱吗？”

“咦……”

远子学姐没想到我会这么问，表情显得很慌张。

“是、是啊，女生当然会很向往恋爱嘛。”

接着，她笑容满面地这样回答，还以恶作剧的表情瞄着我。

“所以呀，心叶，你也写一篇如此纯真、能洗涤人心的爱情故事吧。今天的题目是‘海滨’、‘灯塔’、‘鲸鱼’。要写个罗曼蒂克的甜美故事喔。限时五十分钟，预备，开始！”

她喀嚓一声按响银色的马表。

为什么最后一项是鲸鱼？算了，无所谓，随便写一个海滨和灯塔相恋，却被鲸鱼横刀夺爱的故事就好了。

会变成怎样的味道我可不管……

“……因此，请读读看这本书吧。”

我丢下哭喊着“吃起来像泡过盐水的棉花糖配味噌青花鱼罐头啦”的远子学姐以后，去了柔道社的道场。

我拿出从图书馆借来的三岛由纪夫《潮骚》，牛园学长见状，骨碌碌地转动眼睛，歪着脑袋。

“朝……朝烧？”

“看仔细一点，不是朝，是潮水的潮，叫做《潮骚》。”

“潮烧？那是海鲜烧烤的意思吗？好像很好吃耶！”

“请别流口水，这不是在讲海鲜烧烤，而是波浪起伏拍打海岸的意思。”

“喔喔，这样啊，是海的那个啊。”

看他恍然大悟敲手的模样，我觉得好担心。

“所以咧？这个潮骚是怎样？”

“远子学姐很喜欢三岛由纪夫的《潮骚》，还说‘我也想要谈这种恋爱’喔。”

“什么！”

牛园学长睁大眼睛，用力喘气。

“要学长立刻去伊势湾当渔夫是困难了一点，但看过书至少会增加一些话题，可以参考看看。”

“喔喔！这样啊！只要看过这本书，我就能变成天野心目中的理想男性吧！”

“呃……没有这么夸张啦……”

“井上！我的好麻吉！我会记得你的大恩大德！”

牛园学长用蒲扇般的大手抓起文库本，翻开封面。

但是……

“鼾～”

他才看到第一页，肩膀立刻垮下来，眼皮也快阖上了。

“哇！牛园学长！”

我急忙摇他，他睡眼惺忪地看着我，然后突然惊醒。

“糟糕！我有受诅咒的体质，看书没办法超过一页啊！”

“……看来的确是这样。”

“不过，凭着我对天野的爱，一定能战胜邪恶的瞌睡虫！”

牛园学长傲然地抬头挺胸，再次挑战《潮骚》。

“唔……岛上有一座神社，灯塔上视野良好……很像观光导览手册耶。”

他不断喃喃自语，大概是为了防止睡着，不过他刚把视线移到下一页时，又开始点着头了。

“牛园学长！”

“不、不行！井上，如果我再闭上眼睛，你就用力敲我。”

“咦？”

牛园拿给我的是一根金属球棒。为什么柔道社的道场里会有球棒啊！

“不用跟我客气，锵一声地打下来就对了。”

“搞不好会出人命耶！”

“不会啦，大家都公认我的脑袋比推土机还硬，没事的。”

“这是哪里公认的啊？有什么根据吗？难道学长和推土机比赛过？”

“喔，我小学五年级暑假去山上参加柔道营，不小心绊到树根，脑袋狠狠撞在地上，结果地面裂开，树倒了两三棵，鸟都吓得飞起来，我的头却只有一点擦伤。暑假过后，这则消息在学校传开，大家都叫我钢铁小学生或推土机阿牛耶。”

“听起来太假了，应该只是在跌倒时顺手扯断了几根草吧？”

“是吗？不过我连野猪都打得赢，放心啦。”

“猪是生物，推土机是车子！是机器！完全不一样吧！”

“男人不要这么婆婆妈妈！要开始啰！”

牛园学长开始进行第三次挑战。

我像个负责帮切腹的人砍头的“介错”，拿着球棒站在牛园学长身后。

该怎么办？就算牛园学长看书没办法超过一页，我也不能用金属球棒敲他的头吧？如果打破他的头，我不就成了罪犯？无论他的头有多硬，一般来说敲下去都会破吧？

我在后面频频观望，只见牛园学长挑起眉毛，以一副拼尽全力的表情用心读书。

他粗大的手指捏起书页，我也屏息盯着文章。啊，新治提着比目鱼来到海边，就快要翻页了……

“鼾——”

牛园学长的头往前倾。

哇啊啊啊啊啊啊啊！

我闭紧眼睛，举起球棒，用力把它丢到一边。

“对、对不起！我还是没办法伤害别人！”

锵！

咦？刚刚是不是有“锵”的一声？

我睁开眼睛，看到牛园学长倒在榻榻米上，球棒就掉在一旁。

难道我丢出的球棒刚好砸到牛园学长的头？

牛园学长一动也不动，连鼾声都听不见了。

不会吧？难道我杀了他？

我吓得血色尽失，这时牛园学长突然睁开眼睛，爬了起来。

“呜喔喔喔喔喔喔喔喔喔！”

他叫得像是从坟墓里爬出来的僵尸。

“好！我醒了！接着看下一页！要把比目鱼剖来吃！”

“他没有吃比目鱼啦！那是要送给灯塔长的。是说，别再做这么危险的事了，这样一定没办法活着看完最后一页，再敲下去说不定会变笨喔！而且我的神经在那之前就会绷断啦！”

“唔……可是我得看完这本书，才有话题跟天野聊啊。”

我垮下肩膀叹气。

“我来念吧，学长坐着听就好。”

因此，可耻的朗读课开始了。

好好一个暑假，我到底在干什么啊？

牛园学长双手抱膝，眼睛圆睁，一脸专注地听着。

穿着木屐的少女停止哭泣，站了起来。她就是初江。

年轻人没想到会有这么幸运的邂逅，简直不敢相信自己的眼睛。

“唔……”

我朗读时，牛园学长不时发出呻吟、转动眼珠，每次都会吓我一跳。

你是初江吗？刚才是你在哭吗

是的。

你为什么哭？

“唔唔唔……”

怎么了？他为什么沉吟？啊，他低下头，眼睛也闭上……睡着了吗？不，看他的太阳穴还在颤动。他在思考吗？思考什么啊？

我很难忽视牛园学长神秘的反应。

我该走了。

“别走啊啊啊啊啊啊啊啊啊！”

牛园学长突然起身嘶吼。

“怎、怎么了？”

“我听到初江说要走，忍不住就……”

“不要吓我啦。”

“抱歉。”

牛园学长红着脸道歉，又抱膝坐回榻榻米上。

新治没有回答，但表情很诧异，因为他发现初江的红色毛衣胸前有一道黑线。

对了……接下来好像有一段稍微色情的描写。

在废墟屋顶哭泣的初江跟新治说话时靠在水泥墙上看风景，要走之前突然发现衣服被水泥墙弄脏，急忙拍拍胸部。

这是生动描写出红色毛衣和黑线之间鲜明对比的好句子，但是要读出来还真让人不好意思。

这是什么羞耻游戏啊？

是不是我多心？牛园学长的鼻息好像变得有些紊乱。

在她拍打的动作之下，乳房就像活蹦乱跳的小动物。年轻人被这柔软有弹性的动作撼动了。

“呜啊啊啊啊啊啊啊啊啊啊！”

牛园学长咆哮着又站起身。

“又、又是怎么啦？”

“没有啦，因为初江可爱的动作让我想到天野，有一种感动像岩浆一样从心底冒出来……”

“啊？”

“井上，初江跟天野很像耶。”

我可以理解牛园学长完全投入《潮骚》的故事之中，所以把自己当做新治，把远子学姐视为初江。

可是，这一点我实在无法苟同。

“远子学姐胸部的尺寸跟初江不一样吧？远子学姐无论再怎么拍，胸部也不会跳得像小动物一样，绝对不可能。”

“唔……大概吧。”

看来恋爱中的人也没办法否定这一点。牛园学长皱起脸孔，接着，他突然惊觉地睁大眼睛。

“井上，你为什么可以说得这么肯定？不会吧！难道你这混蛋亲眼见过吗？”

他或许想象到某种画面，鼻血顿时喷出。

“牛、牛园学长！快把头抬高啊！”

“呜喔喔喔喔！你看过吗？你看过天野的那个了？你们已经进展到那种关系？太龌龊啦！”

“拜托别把血滴得到处都是！我没看过，我跟远子学姐也没有那种关系。她平坦到那种程度，隔着衣服也看得出来嘛！”

我拿卫生纸按住牛园学长淌着血的鼻子，一边加以否认。

“唔唔唔……”

牛园学长怀疑地沉吟。

“学长要是再大叫，我就不念啰。”

我强调之后，又继续朗读。

牛园学长也照我所说，乖乖地听着。

新治和初江的感情越来越深厚，两人都牵挂着彼此，初江还对新治的青梅竹马千代子感到嫉妒。

千代子是个对容貌很自卑的女孩，她在东京读大学，春假时回到家里。

此外，新治也遇见了安夫这个情敌。

在这种情况下，新治在暴风雨的日子和初江相约在废墟，在火堆旁等到睡着了。醒来时，他看见初江脱下衣服晾干……

“唔唔唔！”

牛园学长睁圆了眼睛。

唉，尴尬的场面又出现。我提神警戒，继续朗读。

初江发现新治醒来后，急忙遮住身体。

新治站起来。

两人隔着火堆面对面。

牛园学长听得双手捂嘴，身体前倾。

你干吗躲？

我会害羞嘛。

要怎么样才不害羞？

你也脱光我就不害羞了。

看到新治脱光衣服，同样浑身赤裸的初江就在火堆后说：

要是你跳得过火堆，就跳过来吧。

“呜喔喔喔喔喔喔！天野啊啊啊啊啊啊！”

牛园学长终于按捺不住，鼻血狂喷地站起身。

“求求你别叫了！快按住鼻子啊！”

但他后来还是时而狂叫，时而流鼻血，时而发怒，时而流泪。

当我讲到千代子对新治的情敌安夫说，她看见这两人从废墟相偕走出……

“不行！这怎么行！”他勃然大怒地说。

听见安夫对初江不轨时……

“呜喔喔喔喔！安夫这个王八蛋！我要宰了他！”

他几乎抓狂地喊着，后来听到初江平安无事才放心地坐好。

当我读到新治看见初江的信上说“因为父亲很生气所以不能见面”时，又“喔喔喔”地喊叫落泪。

结果，讲到海女们互相比较乳房的那一幕，他又喷鼻血了。

我已经懒得停下来劝止，所以也不再管牛园学长，只顾着念下去。

如果现在有人走进道场看见这景象，会传出怎样的流言呢？我真不敢想象。

柔道社主将浑身是血地咆哮，一边在地上打滚，还有个瘦小的高一生在一旁朗读乳房怎样怎样的，这能听吗？

动荡不安的故事终于接近结尾，新治上船当见习伙夫，途中遭遇暴风雨，他挺身保护船只，得到初江父亲的认同。

此外，千代子也觉得愧对新治和初江，因此拼命恳求母亲帮他们两人作媒。

“哇啊啊！千代子！干得好啊！你真伟大！千代子！我尊敬你！”

男女主角得偿所愿的一幕，令牛园学长感动至极，泪水流得跟瀑布一样。

“什么啊！怎么会有这么棒的故事！这是日本国宝！这样啊……新治和初江撑过了不断打来的大风浪，终于在一起。新治的男子气概也得到初江爸爸的认同！‘男人就得看气力，气力比什么都重要。’初江的爸爸说的没错！只要有气力，连潮水的流向都能改变！你说是吧？井上！”

牛园学长抓着我的肩膀摇晃，我只能回答“是啊”。

唉……榻榻米上的血迹擦得掉吗……

隔天，我喉咙发痛，眼睛充血，脑袋还隐隐作痛，状况极差地来到学校。

也难怪啦，毕竟我一口气朗读了六个小时。

我念完以后，牛园学长依然不断地喊“千代子真是好样的”、“新治是个男子汉啊”、“初江太可爱了”。

他还斗志昂扬地说“我也要像个男子汉，勇敢地对天野告白”、“我要让她见识男人的真心”。

不会有事吧？我好担心……

要是他鼻孔冒烟、眼中烈火熊熊地逼近，普通女生一定会被吓跑。

不管远子学姐再怎么怪，应该也会被吓到吧？

说到远子学姐，她并不在社团活动室里。

咦？正当我在教室里张望，她恰巧抱着一大堆书走进来。

“嘿咻、嘿咻……啊，心叶，欢迎，你今天也来了呢。”

“那些年代久远的泛黄书本是哪来的？”

“呵呵，我把图书室出清的谷崎润一郎全集拿回来了，可惜太旧了不能吃……”

“是喔。”

这里的书若再继续增加就麻烦了。

远子学姐从书堆旁边探出头来。

“哎呀，你的声音有点沙哑，感冒了吗？”

“只是讲话讲太久。”

“心叶，你有那么有话聊的朋友啊？”

“多管闲事。”

“啊，告诉你喔，明天晚上学校附近的神社要举办祭典呢。”

“是吗？”

“而且还有烟火大会喔。西侧校舍的四楼走廊是很好的位置，这是我去年在学校找到的。”

“喔，你还真闲。”

远子学姐不悦地鼓起脸颊。

“心叶真讨厌，为什么说话老是那么冷淡呢？至少也说说你跟朋友怎么了嘛。”

“你不把书放下吗？”

“啊，我都忘了。”

远子学姐嘿咻一声，把高塔般的书放在桌上。

“这样轻松多了。我说心叶……啊啊！”

远子学姐本来正想继续抱怨，却突然看着下方大叫。

“糟糕，都黑掉了。”

大概是因为抱着旧书，她水手服的胸前出现几道黑线。

我不禁屏息。

好像就要上演《潮骚》的其中一幕。

远子学姐白皙的双手在胸前拍打。

她的手由上而下地抚过，想把污垢拍掉，可惜远子学姐的那个部位跟初江还是有着跨越不了的差距。她的手在胸上轻轻一弹，然后平顺地下滑，那里并没有像小动物蹦蹦跳跳般地摇晃。

污垢不是只有灰尘，大概还混杂墨水或其他东西，一直拍不干净。于是，远子学姐慢慢拿起宝特瓶。

瓶中冰块约有一半已经融化，她用淡紫色的手帕沾水来擦拭衣服。

“呜呜，没用肥皂还是擦不掉。”

白色水手服吸收水分之后慢慢变湿。衣服贴在肌肤上，渐趋透明的薄布之下浮现出胸罩的线条。

喂……这……

我刚刚还以同情的眼光看她，现在却感到心跳加速。

该告诉她衣服变透明了吗？

我明明该转开视线，却不知为何一个劲儿地盯着看，脸也变红。

她太缺乏戒心了，难道她不当我是男人吗？不，就算透视到这么扁平的胸部也没什么大不了的，我只是很惊讶竟然有这种尺寸的胸罩，才没有感到小鹿乱撞咧。

就是说嘛，这种程度的胸部，我看自己的都看惯了。

不过，多少还是有点害羞或愧疚的心情，我不时转开视线，又不时偷瞄。

远子学姐抬头看着我。

“！”

她一定发现我在看哪里，脸颊顿时变红，急忙遮住胸部，我

也跟着脸红。

接着是一片沉寂。

远子学姐双手抱胸，眼神又像害臊又像责怪地看着我。

我的脸烫得有如着火。

“……心叶，你刚刚在看哪里？”

“呃……”

如果老实回答一定会被揍吧？但远子学姐盯着我，好像在叫我坦白回答。

“跟关东平原一样平的洗衣板。”

结果，宝特瓶飞了过来。

“什么！你说我的胸部像关东平原和洗衣板？”

水泼了我一身。

“呜！好过分！心叶真过分！我又不是自愿当洗衣板！”

当远子学姐含泪举起拳头时，社团活动室的门砰然打开。

“天野啊啊啊啊啊啊啊啊啊啊！”

怒吼声传来，身穿柔道服的牛园学长鼻子喷气，眼中燃烧着熊熊火焰闯入。

我和远子学姐都吓得愣住。

牛园学长一脸凶狠地逼近远子学姐，她的表情吃惊地僵住。

“这、这个……”

牛园学长拿出一个白色信封，令我睁大眼睛。

是情书！牛园学长这个语文白痴竟然写了情书！

可是从这气氛来看，那其实更像挑战信……牛园学长好像即将决斗一般，用可怕的表情瞪着远子学姐。

远子学姐伸出纤细手臂，轻轻拿起那封信，立刻打开来看。

牛园学长屏息凝望。

我也贴过去看。

远子学姐从里面拿出一张白色信纸，认真地读着。

接着她抬起头来，绽放出花朵般的笑容。

“好啊。”

信纸上只有一行写得又大又粗的字：

“跟我去夏日祭典。”

隔天傍晚，我躲在校门内侧观望。

远子学姐还没来，穿着制服的牛园学长红着脸扭来扭去。

看他平均每十秒傻笑一次的样子，我隐隐感到不安。他到底在想什么？他看了《潮骚》之后大受感动，还说“男人的真心”云云，可是，他该不会在期待火堆那段剧情吧？

牛园学长一听到那边就“呜喔喔喔喔喔喔喔喔喔喔”地喷着鼻血狂叫。

那一幕在小说里可说是淳朴的精彩情色描写，但要是实际上演可就不妙了，更何况主角还是牛跟妖怪。

我猜不透牛园学长究竟想干什么，忍不住担心起来。

话说回来，远子学姐竟然那么干脆地接受邀请，真让我大受惊吓。

“好啊。”

她笑容满面地如此回答时，牛园学长的脸红得简直像煮熟的章鱼，看起来似乎快要昏倒。

“明天晚上六点半，校门见啰。”

他听见远子学姐的答复，只能睁大眼睛愣愣地点头。

我也感到很茫然。

远子学姐不久前还叫他“牛魔王”，为什么现在会回答“好啊”？

难道她喜欢运动健将型的男生？像她跟赛艇社那些肌肉男的关系也很好，还称他们为盟友。

真是如此也无所谓啦，我本来就希望她跟牛园学长交往之后不会再来纠缠我，但是却又觉得忐忑不安。

为什么我要在宝贵的暑假里做这种事？我埋怨地这样想着，骗妈妈说要跟朋友去参观祭典，然后跑来他们相约的地方。

约好的时间过了三分钟之后，我听到喀恰喀恰的声音。

“对不起，我迟到了。”

“！”

牛园学长张口结舌。

远子学姐穿着淡紫色的浴衣，稍微一动，裙摆上的白花便随之摇曳。她平时都绑辫子，如今头发却扎成一束盘在头上。

“穿木屐不太好走，真是对不起。”

“没没没没没没关系！”

牛园学长猛摇头，连眼睛都羞红了。

远子学姐楚楚动人地笑着。

“谢谢。那我们走吧。”

“好、好啊。”

“呵呵。”

那两人气氛融洽地离开，我也蹑手蹑脚地跟在后面。

胸中的忐忑不安变成忿忿不平。

远子学姐那表情是怎么回事？简直像广告中的偶像一样巴结客套。什么“呵呵”嘛！还穿上浴衣，兴致太高昂了吧！而且她还盘起头发，看起来很开心。

亏我这么担心，不过远子学姐根本毫不排斥牛园学长。

我离他们有点远，听不见说话的声音，不过看也知道远子学姐很高兴，脸上一直挂着笑容。

牛园学长八成觉得远子学姐太耀眼，所以面红耳赤地转开目光，不敢直接看她。他们在聊些什么？其实聊什么都跟我无关……但远子学姐笑得太开怀了吧！

接近神社后，人潮也跟着变多，路旁摆满了大阪烧、棉花糖、烤花枝的摊位，越来越难行走。

我好几次撞上路人，牛园学长和远子学姐也挤在人群中，害我几乎跟丢。

四周的人们又叫又笑，看起来很开心，我却在独自跟踪别人约会。

太丢脸了，我感到更加不爽。

我走得额头冒汗，气喘吁吁，衣服也湿了，感觉很不舒服，但仍气愤难平地穿越人潮往前走。

那两人站在糖葫芦的摊位前。

牛园学长买了两枝糖葫芦，害羞地把其中一支拿给远子学姐。

远子学姐睁圆眼睛。

她像只被竹筒枪打中的鸽子，动作僵硬地仰望着牛园学长。

牛园学长的脸依然红得跟递出糖葫芦时一样，他弯下腰对远子学姐说话。

远子学姐不好意思地笑了。那个笑容好温暖，仿佛洋溢着光彩。

她接过糖葫芦，放进嘴里，然后看看牛园学长，又露出开心的笑容。

“心叶，好好吃喔！”

我想起远子学姐第一次吃我写的稿子而笑的神情，突然感到一阵剧烈冲击，好像有什么重物沉入心底。

她明明说自己尝不出一般食物的味道……但她却笑得那么开心。

我忍不住生气。那句“好好吃”想必只是客套话，我好不甘心。

我不知不觉地低下头，直到肩膀跟路人相撞才吃惊地抬头，这时已经看不到远子学姐他们的踪影。

我急忙跑向糖葫芦的摊位。

“不好意思，刚刚有一对情侣来买糖葫芦，男的是壮得像只牛的学生，女的穿着浴衣，他们往哪边走了？”

“大概是那边吧。”

我照着摊贩老板指的方向跑去。

唉，我到底在搞什么啊？

干脆别管他们了，爱管闲事的辫子妖怪跟柔道社主将会怎么样都不干我的事。

但我不知为何还是继续跑，跑得满身大汗，上气不接下气。

我又问了棉花糖摊的年轻人和烤花枝摊的大叔，有没有看到像牛似的高中生和穿紫色浴衣的女生，然后继续拨开人群往前进。

牛园学长和远子学姐这种组合很引人注目，甚至有路人插嘴告诉我："啊，我看到那两人往神社后面的树林走去了。"

我踩着沙石走向树林，发现牛园学长和远子学姐在沙沙摇曳的树丛之间默默相视。清冽的月光从层层叠叠的枝叶间洒落，照耀着两人。

牛园学长的表情非常僵硬，神色凶恶得像在瞪人，直视着远子学姐。

远子学姐则是用温柔的眼神凝视着牛园学长。

这难以介入的气氛令我暗自心惊时，清澈的声音响起……

"你还没脱光呢。"

远子学姐在说什么啊！

我停止呼吸，心脏狂跳。

"跳过火堆，来我这边吧。"

难道是《潮骚》？他们打算演出火堆的那一幕吗？

远子学姐的确做得出这种事，可是附近有这么多人，怎能在这里演出如此猥亵的场面啊！不对，那两人还穿着衣服……

心焦的我看到牛园学长脸色严肃地慢慢跨出步伐，那是走得很用力的一步。

两人之间的距离缩短了。

远子学姐温柔地看着牛园学长。

我记得下一幕是……新治跳过火堆抱住初江，两人的胸部贴在一起，然后……然后……哇啊啊啊啊啊啊啊啊啊！怎么办？不管怎么说，在室外这样做实在……

我很犹豫该不该让他们知道我在偷看，握紧冒汗的拳头。

“我一直都……很、很喜欢你。”

牛园学长结结巴巴地说。

他拼命挤出来的声音又高又尖，却像轰隆雷鸣似地直击我的耳膜。

“我好开心，谢谢你。”

远子学姐白嫩的双手握紧牛园学长粗大的手，水灵的眼睛也洋溢着笑意。

她的表情充满了感情……

我看不下去了，于是怀着窝囊的心情独自离开。

他们进行得顺利不是很好吗？

我在扰攘人潮之中缓缓走着。

这么一来，牛园学长便不会再误会我，远子学姐也不会再缠着我。今后远子学姐会一边夸奖“好好吃、好好吃”，一边吃那个语文白痴男友写的三题故事。

这真是十全十美，万岁万万岁。

然而，我为什么还是垂头丧气？

此时“碰”的声音带着节奏性响起，烟火在天空爆开，人们仰望着天空欢呼。

只有我一人没有停下脚步，也不看烟火，一味地继续走。

听到周遭传来的笑声，我感觉心中好像缺少一块东西，让我郁郁寡欢。

初中时代结束后，我一直把自己关在房间里不去上学。

我不想再受到伤害！不想再牵扯上任何人——我紧紧揪着床单，不断在心中这么喊着。

后来好不容易勉强走出房间，成为高中生，但我仍极力避免跟别人走得太近。

我原本就不想加入什么社团，更何况是会吃书的诡异妖怪所在的文艺社……

远子学姐的天真乐观令我疲于应付，跟她在一起我就觉得心烦，她要是开心地对我笑，我甚至觉得心窝发痒。

因此我动不动就对她说些冷言冷语，只写些莫名其妙的故事，想逼她主动放弃。

唉，认真写三题故事那次真是失策。

把远子学姐遗落的缎带绑在树上、在暑假乖乖被她叫出来，这些都是我的失策。

笑声和嘈杂声渐渐远离，只有烟火的声音还听得见。

回家以后，妈妈想必会问我“祭典好不好玩”，但我没把握能笑着说谎。

不知不觉间，我来到了学校，大概是因为没有别的地方能去。

我爬上楼梯，来到西侧校舍的四楼，或许是远子学姐说过的话还在我耳中盘旋。

——西侧校舍的四楼走廊是很好的位置，这是我去年在学校找到的。

——喔，你还真闲。

——心叶真讨厌，为什么说话老是那么冷淡呢？

夜晚的走廊非常安静。

窗外看得见烟火。仿佛喷漆一般，红、蓝、绿、金色的花朵瞬间绽放，又渐渐地融化在黑暗中。

好虚幻、好寂寞……

人与人的关系多半也像这样不明确、不可靠，随时都会消失……

我默默地注视着在天空绽放的艳丽花朵。

自己的存在感仿佛也变轻变薄，即将融化在黑暗中。我正觉得悲凉时，突然发现身边有人。

"心叶，你来了呀。"

我还以为心脏要停了。

身着浴衣、头发盘起的远子学姐歪着纤细的脖子，柔和地微笑。

我睁大眼睛，不知所措。

"你、你……你在这里干吗？"

"来陪你看烟火啊。"

她带着微笑，优哉地回答。

"看什么烟火啊！你今天不是跟牛园学长去祭典……牛园学

长要怎么办？怎么可以丢下男朋友一个人呢？”

“男朋友？”

“你跟牛园学长交往了吧？毕竟都约会了，还特地盛装打扮穿了浴衣……”

远子学姐一听马上脸红，辩解似地喃喃说道：“因为我没制服穿嘛。”

“咦？”

“制服昨天被书弄脏，其他件也还没洗干净。外出的时候一定得穿制服，不过浴衣跟便服不太一样，所以……我想应该勉强合格吧。”

合格什么啊？

“而且，我只是去陪牛园同学商量事情，不是约会啦。”

“你在说什么？”

那个不是约会是什么？

但远子学姐鼓着脸颊，握紧拳头，一口气说出。

“我说啊，牛园同学不是一脸沉重地送信来吗？我本来以为他对你念念不忘，所以想要和我打开天窗说亮话，好好地谈一谈。我心想，绝对不能让心叶被柔道社抢走！因此露出气定神闲的笑容，回答他‘好啊’。”

那个爽朗笑容竟然有这种涵义！后来她一直笑嘻嘻的也是因为这样？可是……

“你怎么会想到那里啊？”

“因为他的眼神那么火热，我能想到的理由只有‘他深爱着心叶’嘛。”

我就是在问为什么会觉得他喜欢的对象是我啦！亏她读了那

么多恋爱小说，竟然没发现有人爱慕着她？

“不过我已经放心了，牛园同学喜欢的并不是心叶。”

“那当然！”

远子学姐频频点头。

“我在糖葫芦的摊位前听到这件事时也吓一跳呢，我本来以为他打算说‘把心叶让给我吧’，都准备好要对付他了。”

我就是在问为什么会想到“让不让”这种事啦！

另外，我在头昏眼花之中也领悟到一件事。牛园学长递出糖葫芦时远子学姐显得很讶异，后来又突然微笑，原来都是因为这样。

“牛园同学说他从高一开始喜欢那个人，但光是看着对方就需要很大的勇气。听说那个人是长头发，皮肤很白，个性既文静又含蓄，充满女人味，是个很有魅力的女生呢。”

我真同情牛园学长。

人家都讲这么多了，她怎么还没发现？不对，什么文静、含蓄、女人味，根本和事实相反嘛。

“我鼓励他去跟对方表白。”

我的胸口轻微一颤。

远子学姐看着融化在远方夜空中的淡淡火光，表情温柔地说着。

是不是远子学姐洗发精的味道呢？好像有一股花香弥漫在黑暗中。

“可是牛园同学说，那人已经心有所属，如果表白会令对方为难，他只要能默默爱着对方就好……”

轻柔的哀伤如波浪般涌向我的胸怀。

“所以，他想请我代替那个人听他表白。”

牛园学长是以什么心情说出这句话？一定是红透了脸，用尽全身力气……

“我回答他：‘好啊，把我当成那个女生来表白吧。’可是牛园同学迟迟说不出话，好像不知该怎么讲才好，很烦恼的样子。”

因此，后来我才会看到《潮骚》那一幕。远子学姐语气温婉地说着那件事。

“牛园同学说他看了《潮骚》。他从前觉得小说这种东西看了就想睡，结果却深深受到感动。他还说他最喜欢千代子，千代子真是好样的……”

千代子爱慕着从小一起长大的新治，感情却得不到回报。

“井上，千代子真是好样的！”

我不断回忆起牛园学长说过的话。

那时，我还以为他是站在新治和初江这两人的立场来听故事。

“我想要留下回忆。”

“我一直都……很、很喜欢你。”

千代子无法把自己的心意传达给新治。

可是，对容貌很自卑的千代子问新治“我真的那么丑吗”，他立即回答“你很美啊”。这句话使她的心中充满光明，给了她幸福。

“他说我很美！他说我很美！”

“他真的这么说了。这样就够了，我不会再奢求。他真的对我这么说了。”

“牛园同学笑着说‘谢谢，这样我就能专心练习柔道’。他不断说着谢谢、谢谢……心叶，牛园同学这个人真不错，能被他喜欢的女生真幸福。”

远子学姐微笑着闭起眼睛。

“我想，牛园同学下一次恋爱时一定会有圆满的结局。”

“谢谢。”

“谢谢你，天野。”

牛园学长对远子学姐这么说的时候，表情一定是快要哭泣，但也很幸福、很纯真。我虽然没有亲眼目睹，却能想象那个画面，不禁感到喉咙发热。

“是啊。”

我声音沙哑地附和。

“牛园学长这个人真不错。”

烟火在夜空中散落。灿烂的花瓣尽情地绽放，转瞬之间又消失无踪。

虽说人的感情，也是类似的东西。

“烟火……好漂亮。”

远子学姐睁开眼睛，怜惜地说。

“这是夏天最后的烟火……虽然有点寂寞，不过在明年夏天到来之前，我一定会不断想起今晚看到的烟火。”

纵使消失，或许仍会留下思念。

远子学姐凝视着窗外，眼中映出烟火。

她轻轻握住我的手，好像在安慰无精打采的我。这是非常自然的动作。

我没有握她的手，而是假装没发现，跟她一起望着同样的景色。

这不代表我接纳她了。

——只有今天而已。

我一直这么说服自己。

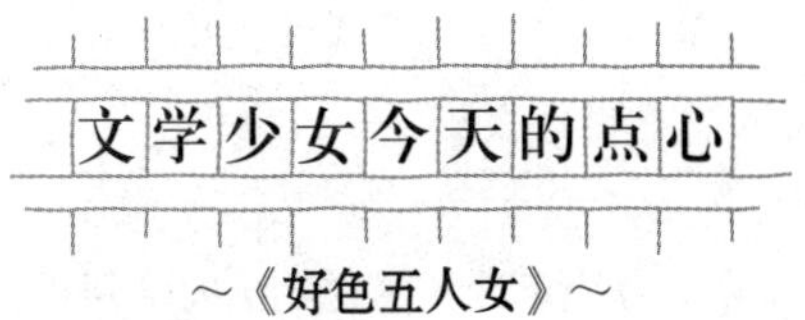

～《好色五人女》～

我看过这样的远子学姐。

六月里，蒙蒙烟雨包围着校舍。

我这天是值日生，所以提早到校，在校舍门口的鞋柜前发现了远子学姐。

现代日本很难得看到哪个女高中生绑着长达腰部的辫子。

不过，那不是三年级的鞋柜，而是二年级的……而且是我们班的鞋柜。她在那里做什么？

我定睛一看，见到她摇晃着猫尾巴般细长乌黑的辫子，在鞋柜前走来走去，白皙的脸庞害羞地泛红，脚步犹豫地左右徘徊。

再看得仔细一点，发现她手上还拿着紫色的信封。

她拿着信封靠近鞋柜，然后摇头，伸出去的手又缩回来，这动作反复好几次。

这个人到底想干吗？

她好像很紧张、很害羞……难道那个紫色信封是情书？

远子学姐这种人也会写情书？不可能吧？

我不想干涉，所以打算照例转身离开，装做没看见，可是不知怎的，双脚却僵在原地走不动。

不只如此，我甚至转一百八十度走了回来。

无论要往哪走都得先换上室内鞋，因此我无可奈何地走向远子学姐。

“远子学姐，你在做什么？”

“心、心叶！”

我一叫唤她就吓得跳起来，急忙把信封藏到背后。

“没没没什么啦！我碰巧经过，觉得二年级的鞋柜很特别，所以仔细地看一看。”

“各年级的鞋柜不都一样吗？我的鞋柜在那里，麻烦让一下好吗？”

“喔？我完全不知道这是你的鞋柜呢。那我先走了，心叶，放学后社团活动室见啰。”

她红着脸说完便逃难似地跑走。

真可疑……

她一定是要把情书放进鞋柜。

远子学姐的确很喜欢这种传统作风。

她的对象会是谁呢？

算了，这又不干我的事……

放学后，我来到社团活动室，远子学姐开朗地笑着迎接我。

“你好，心叶。我肚子饿了，写些什么来吧，快写嘛！”

远子学姐眼睛发亮，喀哒喀哒摇着铁管椅催促，跟她平时的模样没什么两样。

我暗自感到疑惑，但没继续追问，而是把五十张一迭的稿纸和铅笔盒摆在桌上。

“今天的题目是‘打洞机’、‘埃菲尔铁塔’、‘海豹’，限时五十分钟。预备，开始！”

远子学姐喀嚓一声按下银色马表。

打洞机……她大概是看见桌上的打洞机就随口说了。

我拿HB自动铅笔填起格子，远子学姐屈膝坐在一旁的铁管椅上，愉快地翻书。

我瞄见书名，当场愣住。

“……《好色五人女》？”

“讨厌啦，心叶，难道你以为这是黄色小说？才不是呢。”

远子学姐鼓起脸颊，然后开心地说：

“井原西鹤的《好色五人女》，是在京城百姓构成文化主体的元禄时代中期，也就是一六八六年出版的浮世草子。所谓的浮世草子，指的是描写当时人民生活风俗以及恋爱等等尘世百态的通俗小说。

“作者井原西鹤即是浮世草子的代表作家喔。

“他的生平不详，一般认为他出生在大阪的富裕平民家庭，十五岁踏入俳谐连歌[①]的领域，不理家业只顾玩乐，所以被逐出家门。

“他的诗句自由奔放，因此有人叫他‘阿兰陀西鹤’[②]。他参加

① 带有游戏性质的多人创作长诗，可吟唱。

② 阿兰陀指荷兰，在此代表西方的开放风气。

矢数俳谐[①]这种互较创作诗句多寡的比赛时，还曾创下壮举，在一天一夜之间写下两万三千多句呢！

“啊啊，我一想到美味诗句陆续诞生的情况就好兴奋，就像接二连三地把小碗荞麦面吞入肚中的感觉呢！”

远子学姐陶醉地闭起眼睛。

快食或大胃王比赛是很伤身的……我有点想这样吐槽，但还是保持沉默。

远子学姐猛然睁眼，继续说道：

“井原西鹤的小说处女作《好色一代男》是他在四十一岁时所写，西鹤因这本书备受赞誉，后来又陆续发表了武士故事、百姓故事，还有被称为‘好色物’的浮世草子，声名盛极一时。

“但也有人说，《好色一代男》以外的作品都不是西鹤所写……西鹤真是个充满谜团的人物，但这更引发了后人的想象。”

她微微一笑，从书页撕下一小片。

“在西鹤的作品中，我最喜欢《好色五人女》。里面的五个短篇故事，都是西鹤由现实事件改编而成。每个女主角都写得非常生动活泼，极有魅力。

“西鹤的时代都不说‘恋’或‘爱’这些字眼，而是说‘情’或‘色’。他们提到的‘好色’，不只代表你会想到的那种意思。

“对了，如果是在现代，书名大概会改成‘活在恋爱中的女人’或‘为爱奋斗的女人’之类的吧。”

“……还真火热。”

远子学姐像是没听到似的，将撕破的纸片放进嘴里，一脸幸

---

① 模仿射箭比赛的创作竞赛。矢数意指命中目标的箭头数量。

福地继续说道。

“是啊！经典在什么时代都是那么精彩、那么好吃呢！

“可是，西鹤作品的味道和一般的爱情故事不同。

“除了酸甜和苦涩以外，还有一股更强烈的味道，那就是女主角们的热情和欲望。没错，这本书就像涂满甜辣酱汁的热腾腾大阪烧！把章鱼、花枝、猪绞肉、切丝的高丽菜、红姜、炸面衣、刚磨好的山药这些丰富的食材均匀搅拌，再用炽热铁板烤熟！仿佛是混合了海苔粉和酱汁香味的白烟直往脸上扑来，热得让人满头大汗，呼呼吹气之后大口咀嚼的感觉！”

说完她又撕下一小片纸，放进嘴里嚼得吧嗒作响，然后更投入地说：

“美少女阿夏跟身份低贱的下人清十郎谈恋爱，并且相偕私奔。

“好胜的阿先虽有相爱的伴侣，却为了报复污辱过她的女人，睡了对方的丈夫。

“贤淑妻子阿三帮下女代写情书，却阴错阳差地和那个男人订下私情，深陷情网。

“蔬菜店阿七的悲恋也很有名，为了见寺庙小厮吉三郎，她甚至不惜纵火。

“阿七和吉三郎初次见面时，两人都很生涩，好可爱喔。

“‘我是十六岁。’吉三郎畏缩地这么说，阿七也紧张地回答：‘我也是十六岁。’真的好清纯，好惹人怜爱啊！两人还在狂暴雷电之中怕得哭泣相拥呢。”

远子学姐抱住自己的身体缩起。

“第五位女主角阿万也很了不起！她喜欢的人是公认的美男

子，但是那人只对可爱的男孩感兴趣。

“阿万写过几次情书，那个人却不理不睬，后来他因情人过世的打击而出家，阿万心想非得当面骂他一顿不可，于是女扮男装接近他，就这样有了关系。”

“难道那个男人从头到尾都没发现？”

“在过程中当然发现了，不过他说‘我被你的真心感动，事到如今，是男是女都没有差别。’便跟阿万结合了。”

“……”

就某种角度来看，他真是百分之百的男人。

“在这五个故事里，只有最后的阿万是以喜剧收场。两人同居之后过着穷困潦倒的生活，但不久之后阿万继承所有家产，变成有钱人。”

“其他四个都是悲剧吗？”

“是啊。阿夏的私奔失败，情人清十郎蒙上盗窃罪名而遭处刑；阿先在偷情时被丈夫逮个正着，因此自行了断；已婚的阿三跟下人逃跑时被抓，因背义私通之罪遭到处刑；纵火的阿七也被判处火刑。可是啊……”

远子学姐于此时加重语气，仿佛在强调这部分最重要。

“很奇怪的是，这四个故事都没有悲壮的气氛。

“或许是因为西鹤的叙事风格很简洁洒脱吧，但更重要的是这些故事中的女主角们，包括阿万在内，每个都依照自己真正的心情行动，都会明确地宣示自己想要的东西，没有一人自怨自艾或是找借口。

“阿三在逃跑途中梦见文殊菩萨，菩萨要她痛改前非，出家为尼，她却坚决地说：‘我是赌上性命去爱的，所以别管我了。

您只知男色，必定不知男女之事。'

“同样的，阿夏、阿先、阿七、阿万也都是自己选择了那条路。她们毫不顾虑选择的后果，只是专心一致地凝视着渴求之物。

“元禄时代绝大多数的女性都受到家庭、社会和性别的束缚。可是，在西鹤的故事中，女人可以借着恋爱的翅膀展现热情，自在翱翔！尽管等在前方的是毁灭，她们也要尽享当下的欢乐。这种积极到具有毁灭性的力量，让我忍不住要鼓掌喝彩呢！”

她眼睛发亮，语声铿锵有力，接着流露温柔的眼神而笑。

“所以这本书的味道不像香甜的糕饼，也不像酸涩的水果，而是更大众化、味道更浓烈、热气腾腾、能让人填饱肚子并振作精神，营养十足的大阪烧！”

之后远子学姐还是不停地说“这种类似山药的黏度真棒”、“章鱼和花枝在舌头上弹跳”、“猪肉的滋味让人着迷，还能同时品尝到红姜的清新”，开开心心地撕破书本咀嚼。

远子学姐跟平时一模一样，正常到令我愕然……

“心叶，点心写好了吗？”

“……请用。”

我撕下刚写好的两张稿纸，交给笑容满面的远子学姐。

“呃，只有一张半，太偷懒了……”

我一边写一边想事情，所以写得不多。

远子学姐稍微不满地接过去，但仍笑眯眯地读了起来。

“我看看……主角是海豹啊？嗯嗯，真可爱。哎呀？这孩子的兴趣是用打洞机到处开洞？他不停地打洞，地球都被弄得千疮百孔……海豹被燃烧的埃菲尔铁塔刺穿肚子而死……这是什么啊？吃起来简直像没有果肉的西瓜嘛！好像洒上七味粉的瓜皮配着西瓜子一起嚼啦！

“别说剧情了，连描写都干巴巴的！一点都不好吃！心叶，你太偷工减料！太缺乏干劲！爱和热情根本不够嘛！”

我回想起紫色的信封，问道：“爱和热情……远子学姐，你也像西鹤笔下的女主角那样向往着顺从欲望的恋爱吗？”

“咦？我、我是……”

她原本像只黄金鼠似地鼓着脸颊抱怨，听我一说就吓了一跳，转移目光，脸也变得红彤彤。

“呃，那个……我绝不会否定爱和欲望……可是，那个……也就是说……有些事真的很难启齿啦！你懂吧！感谢你的西瓜皮！我要回去了，不要阻止我！”

她如此叫着，慌慌张张地穿上鞋子、提起书包跑走。

我听着匆匆离去的脚步声，更加确定。

一定有问题！

隔天早上。

我在平常的时间到校，一打开鞋柜就看见室内鞋上摆着紫色信封。

这不是远子学姐昨天拿的信封吗？那是要给我的？

为什么？有事直接跟我说不就好了？

——有些事真的很难启齿啦！

想起红着脸大叫的远子学姐，我的心跳突然加快。

我移动到较少人的走廊上，打开信封，拿出比信封颜色更淡的紫色信纸。

屏息读完内容之后……

我把信揉成一团，大吼：

“远子学姐！”

心叶：

对不起，我输给自己的欲望了。

你放在社团活动室忘记拿走的英文笔记被我吃掉三页左右。

因为你翻译的布莱伯雷《雾号》看起来太美味，简直像在诱惑我……

我本来打算只吃一点点就好，结果吃了一小片就停不下来。

我由衷地反省过了。

远子

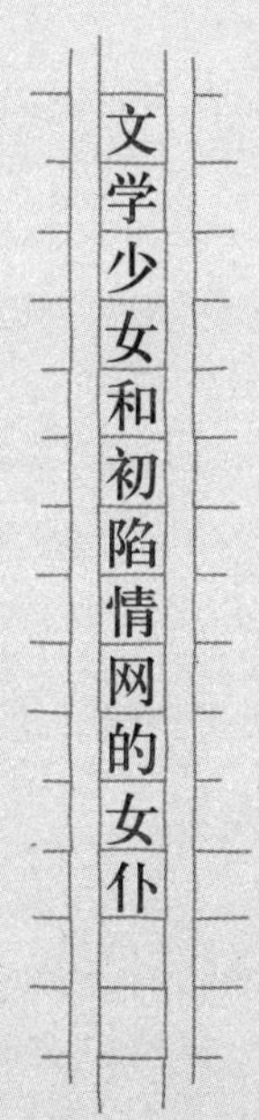

文学少女和初陷情网的女仆

——是由梨小姐!

看见那个人的时候，我差点喘不过气。

从肩膀披到胸前的乌黑秀发、跟雪一样白的皮肤、樱花色的嘴唇、充满柔情的黑眼珠。

她穿着暗红色和服配葱绿色腰带，仿佛从故事里走出来似地出现在门口。

“讨厌啦，我本来在社团活动室，沉浸于《玛侬·列斯戈》的世界里，突然被一个像鸥外笔下山椒大夫那样的坏人抓走，带到陌生的地方，还被叫去做东做西!”

“明明是你自己欠下那么多债务，让你付点利息也不为过吧。再说我哪有叫你做东做西?我不是让你穿着漂亮衣服坐在椅子上，把你当洋娃娃一样地爱惜吗?”

“我就是不喜欢你二十四小时都用那种充满邪念的视线盯着我!还有，这件衣服的胸口束得太紧了，好难受。”

“要我帮你解开吗?既然要脱，全部脱光也没关系呀。”

“哎呀，讨厌，我想回家啦!”

她用力摇着头，要求麻贵小姐让她回家。她白皙的脸颊都泛红，披垂的黑发左摇右摆。

我站在走廊上呆呆望着。

“好了，看你闹成这样，我家的女仆都被吓到啦。”

“咦？”

由梨小姐发现我后，眼睛张得好大。被由梨小姐这样望着，我紧张得全身僵硬。

“麻、麻贵！你这个人真是的，竟然连这么年幼的女孩都抓回来使唤？”

“你说得太夸张了，我可是有付人家薪水，她在暑假期间会住进来工作。女仆初中生还挺吸引人吧？”

“麻贵有没有对你性骚扰？如果发生什么事要跟我说喔！我叫做天野远子，我们来组个受害者同盟，一起对抗变态吧！”

她很正经地劝着我。

“我、我叫鱼谷纱代。那个，麻贵小姐没有对我做过什么……”

“是吗？等一下再偷偷告诉我也行喔。”

“谢谢您的关心。”

我低头敬礼，远子小姐笑得像花朵一样娇媚。

“不会啦。请多指教，纱代。”

她以清澈甜美的声音说着，结果我又呆住了。

我一边想着，当奶奶第一眼见到从东京搬来的由梨小姐时，一定也和我现在一样感动吧。

由梨小姐是姬仓家的小姐，在奶奶比现在的我还年轻的时候住在这间屋子里。

她拥有特殊的命运，是个柔弱又美丽的人。也是姬仓家的巫女，更是奶奶最最重要的主人。

奶奶去年过世了，她生前经常跟我谈起由梨小姐。

她说由梨小姐在龙之国度变成了故事。

还说在那之后，由梨小姐和男友秋良先生是多么地相爱……

我好喜欢他们两人的故事，小时候吵着要听的枕边故事总是他们的爱情故事。

——奶奶，跟我说由梨小姐和秋良先生的故事。

不管听过再多次，这个故事都会让我心跳加速。

所以，跟由梨小姐很像的远子小姐来到这屋子，让我真的好兴奋。

隔天，远子小姐一大早就在书房看书。

她今早穿着款式简单的白色洋装，头发绑成两条辫子。昨天那件暗红色和服很适合她，不过洋装看起来也很棒。

一整面墙的书柜排满了爱书的由梨小姐留下的书，远子小姐站着翻开那些书。

我犹豫地说“请问早餐要送到这里吗”，她捧着书本，柔和地笑着回答：“谢谢你。我还想再看一下，晚点再吃饭吧。”

然后，她的眼睛发出生气蓬勃的光彩。

“这个房间里有好多贵重的书呢！简直像个藏宝室！有永井荷风翻译的佐拉小说《娜娜》！还有若松贱子翻译的《小公

子》耶！

“我也很推荐黑岩泪香翻译的《正史实历铁假面》。仲马的《铁面人》也很有名，但这本书是译自另一本相同题材的小说，亦即《圣马尔斯的两只斑鸫》的翻译版……不，是改译版！背景是路易十四时代的法国，但主角的名字却叫‘有藻守雄’喔！原作的主角叫做莫里斯·迪札尔摩阿斯，但莫里斯变成了守雄。本来在原作死掉的人还活下来，后来大展身手。虽然有些荒唐，但那惊涛骇浪的情节还是很引人入胜呢！

“人物改成日本名，在以前是很常见的事。譬如《法兰德斯之犬》的耐罗和帕特罗就修改成‘清’和‘阿斑’，阿罗亚也改成‘小绫’。”

远子小姐很开心地笑着。

“纱代，你喜欢书吗？”

“呃，嗯……像泉镜花之类的……”

那是由梨小姐最喜欢的作家。

远子小姐闻言，脸上顿时漾开笑容。

“啊！我也很喜欢镜花呢！那华美的文字好比花酿成的酒，光是看着就会醉了！对了，这房间有很多镜花的书呢！《黑百合》、《草迷宫》、《龙潭谭》、《外科室》！另外像是《歌行灯》里，三重在月夜海上对着岩石裂缝大喊‘动心呀！动心呀！’的场景让人好心痛呢。

“有个歌唱名手的父亲，却因家道中落被卖到花街的孤独少女三重，以及造成她家衰败的喜多八……喜多八也是个拥有天赋才能的艺人，但后来落魄潦倒，再次见到因他而陷入不幸的少女时，他也不敢报出姓名。

“喜多八躲在黑暗中默默支持着三重。他教她跳舞的场面，就跟漂着花瓣的冷酒一样既浪漫又悲伤。这两人的悲伤痛苦、深藏的情感，在故事最后都美丽而鲜明地得到升华，那光景真是令人目眩。”

我也仿佛酒醉似地感到晕眩。

由梨小姐也很喜欢《歌行灯》最后一段，还写在日记里喔！

瞧她说得多么快乐、多么幸福、多么喜爱啊。

远子小姐果然很像由梨小姐！

我趁着远子小姐在麻贵小姐房内当模特儿时，悄悄去书房看《歌行灯》。

（动心呀！动心呀！）

寒风几乎冻结的夜晚里。

三重把嘴贴在硬得像针的岩石上哭喊“动心呀！动心呀！”的声音，和海浪声、海鸟的鸣声一起传来。

（动心呀！动心呀！）

苍星满天，海水漆黑。犹如落入暗夜血池，啊啊，是否尚在人世……鸟儿齐鸣，我亦同声而哭。

由梨小姐也在这间屋子里孤独地生活。

说不定她跟三重一样，一直殷切盼着某人。

而且……远子小姐好像也有等待的人。

◇　◇　◇

“唉！心叶快来呀。”

“别一直故意看着窗户喃喃自语。难得只有我们两人，你也露出微笑看着我嘛。”

“强掳民女的山椒大夫真是厚脸皮。”

下午三点，我送茶去画图的地方时，又听见跟昨天一样的对话。

远子小姐换上荷叶边的洋装，头发绑了白色绉绸缎带。她倚坐在窗边的椅子上，看着外面叹息。

“心叶看过电报了吗？他不会丢下学姐不管吧？如果他跟家人去旅游了该怎么办？”

心叶？我把茶摆在桌上，一边竖耳倾听。

“真受不了，你从早上就满嘴挂着心叶，我会吃醋喔。”

“呀！别用笔戳我的脸啦！不要搔我的脖子！就是因为你会做这种事，我才不想跟你独处嘛！而、而且要是心叶不在，我……”

她消沉地把白皙手掌按在腹部上。那个人不在，她连食欲都没有吗？而且她几乎没动过午餐。

那个叫心叶的人，一定是远子小姐的秋良先生！

他是个怎样的人呢？希望他像由梨小姐在日记里提到的秋良先生一样，有双漂亮的眼睛，是个知性又温柔的人。

嗯，一定是这样，因为他是远子小姐带着如此悲伤表情等待的人。他们必定是深深相爱的情侣，心叶先生一定也很重视远子小姐。

没错，就像故事中的恋人般互相依偎……

我等不及远子小姐的心叶先生来到别墅了！

黄昏时刻，我跟平时一样在院子角落的石祠祭拜。

奶奶告诉过我一个秘密。

秋良先生睡在这个石祠底下，而我继承奶奶的工作，保护秋良先生长眠的场所。

由梨小姐、秋良先生，我会跟奶奶一样尽力保护这屋子，保护你们两人的故事。

我今天特别虔诚地祈祷。

这时，别墅养的狼犬男爵突然狂吠起来，冲向门口。

我回头一看，男爵把鼻子挤到栅栏外龇牙咧嘴地示威，外面站着一个陌生人。

“不好意思。”

那个人对我说。

“我是从东京来的井上心叶，是圣条学园的二年级学生。”

在昏红光芒之中，有个像高中生的男生拿着旅行袋，身材纤细，相貌温和又有点女性化。

我屏息看着那个人。

因为我沉默不语，他脸色彷徨地说：

“听说这里有我要找的东西，我想打听一下。请问主人在家吗？”

“！”

这跟秋良先生刚来别墅时说的话简直一模一样！

秋良先生来别墅是为了找回过世母亲的书。

我的脑袋热得几乎沸腾，心头揪紧，什么话都没说就转身跑回别墅玄关。

是秋良先生！秋良先生来了！

他没有日记中描述的细眉毛和单眼皮，年纪也小很多，但是有张清秀的脸孔。

那是秋良先生！我得通知远子小姐！

我打开玄关大门，正要冲上楼时，远子小姐拖着荷叶边洋装的裙摆，眼睛发亮地跑下楼梯。

“纱代！心叶来找我啰！”

远子小姐一定是从窗户看见了。

她幸福洋溢、兴奋地说着，跑出门外。

那神采飞扬的表情和声音让我直发愣，接着我在玄关门边悄悄观望。

远子小姐喜不自胜地大喊“心叶”，冲过去开门，拉着他的手走回来。

虽然远子小姐开心地望着他，他却皱着一张脸，像是在生气。

他说不是自愿来的，而是被人强迫带来。口气很恶劣，话中带着刺。

总觉得他跟秋良先生不太一样……

由梨小姐和秋良先生应该是一见钟情才对，我却感觉不出这个秋良先生对远子小姐有一丝好意或关心，远子小姐也气得直骂他过分。他们两人不是情侣吗？

麻贵小姐穿着工作用的围裙走出玄关迎接他。

“欢迎光临，心叶。”

“受你欢迎我才觉得头痛呢。”

他仍然一脸不高兴地回答。

麻贵小姐命我带客人到房间。

远子小姐好像还没结束模特儿的工作，所以被麻贵小姐拉走。

他见到远子小姐死命挣扎、哭丧着脸被拖走，却只是漠不关心地看着，似乎不打算去救远子小姐。

我好生气。

远子小姐可是由衷期盼着他来，那么悲伤地一直看着窗外耶！

“……请把行李交给我，现在就带您去客房。”

我的口气变得冷淡。

“行李我自己拿就好。”

“……这是我的工作。”

我冷冷地转身就走。

到了房间，我尽快放好行李、正要告退时，他问了我的名字。

我愤慨地想，与其问我的名字，还不如去关心远子小姐。而且竟然问其他女孩的名字，这个人真是轻浮，难不成是个花花公子？

我不悦地报上名字，他又继续问东问西。

当我把脸撇向一旁，说自己只有暑假期间在此打工，他竟然说：

“是吗？你年纪还这么小，真了不起。”

对我而言，最大的耻辱就是被别人说年纪很小，这令我气得耳朵发烫。

“我已经是初中生，不算小了。”

“咦？初中生！几年级啊？”

有需要吃惊到睁大眼睛吗？他的意思是我看起来像个小学生？太没礼貌了！真差劲！

“国一。”

我用冰冷的口气回答。

后来他又啰里啰嗦地对我说话，但我始终冷淡应对，然后离开房间。

这个人真叫人火大！

他跟秋良先生完全不同！讨厌死了！

那位无礼客人的名字叫井上心叶。

两天后，远子小姐向麻贵小姐要求休假，开开心心地和井上先生牵着手上街，但井上先生似乎很不情愿。

真希望他更珍惜远子小姐，温柔地对她露出笑容。唉，为什么他对远子小姐那么不客气呢？

隔天早上更是令我气愤。

我看见远子小姐走出井上先生的房间。

空气还是一片白蒙蒙、冰凉凉的时刻，穿着宽松睡衣的远子小姐站在门前，哀伤地垂下目光，眼中含泪。

我慌忙躲起来，压低声息。

远子小姐哭了！

我胆战心惊地窥视着，看见远子小姐背靠着门，紧抿双唇，流露出随时会消逝般的脆弱表情低下头。

小小的光点从她的眼角落下……她用纤细的手指擦拭，然后离开。

我受到贯穿脑袋般的冲击。

昨晚井上先生的房里发生什么事？

井上先生一定又对远子小姐说了什么恶言恶语！伤害了远子小姐！否则远子小姐不可能露出那么伤心的表情。

我蹑手蹑脚地随后跟上。

远子小姐走进书房，从书柜里抽出书本来读。

她的侧脸真的好寂寞，偶尔还会泪水盈眶，又不时眨眨眼睛、拍拍脸颊，像是在鼓励自己似的。

看到远子小姐这么难过，就像看见由梨小姐难过一样，让我好心痛。

井上先生好一阵子以后才起床。

我发现他打开远子小姐的房门探头探脑时，忍不住说：

“要找远子小姐的话，她正在书房里。远子小姐一副很消沉的样子。你对她做了什么吗？”

他惊慌地回答：“我没有啊。”

这个人真没气概，竟然会被年纪比自己小的女生瞪得发抖。

或许是因为被我责问，井上先生逃跑似地躲进书房里，跟远子小姐谈了很久。

这天麻贵小姐说要拆掉别墅，远子小姐挡在书房前保护书本，事情闹得很严重。没想到麻贵小姐来别墅的目的竟是要拆掉别墅，这让我十分震惊。

我要保护由梨小姐的别墅！

绝不能让人拆掉它！

姬仓家承诺的“约定”依然存在，非得让她这个姬仓家继承人了解这点不可。我一定要带给她名为诅咒的恐惧，让她再也不敢动这间别墅……

我想这些事情想到呼吸困难，胸口难受地紧缩，脑袋也几乎失常，但井上先生偏偏又跟麻贵小姐出去约会。

太荒唐了！我再也不会相信井上先生！

远子小姐气得火冒三丈，坐在玄关，说是等井上先生回来就要立刻骂他一顿。

她一直抱膝坐在那边，瞪着书本。

“……远子小姐，我做了三明治，不嫌弃的话……请用吧。”

我战战兢兢地把三明治和暖呼呼的菊花茶端给她。

远子小姐微微脸红、扭扭捏捏，一副很不好意思的样子，然后温和地对着我笑。

“纱代，谢谢你。你昨天也专程送饭团给我呢。”

说完之后，她又说声“我开动了”，吃起三明治。

“真好吃呢，纱代。这鸡蛋三明治就像中川李枝子的《太阳草原》，蓬松的吐司里面夹着香甜松软的鸡蛋。”

她一定是在跟我客套，但我还是很开心。

远子小姐的声音和眼神都好平静、好温柔。

我从昨天至今一直很焦躁不安，但是跟远子小姐在一起，我就觉得压在肩头上的重量都卸下，几乎忘记自己是要制裁姬仓的“白雪”。

井上先生竟然让如此温柔美丽的远子小姐伤心，我真讨厌他。

“……虽然觉得对远子小姐很抱歉，但我实在没办法喜欢井上先生。”

我突然这么说，远子小姐睁圆了眼睛。

“咦？为什么？”

“因为他丢下远子小姐，跟麻贵小姐出门。”

“哼，就是嘛！竟然丢下自己的学姐，太过分了！”

她立刻鼓着脸颊附和。

“看起来也很不可靠。”

“是啊，动不动就哭，害我必须一直盯着。”

“好像还很优柔寡断。”

“他总是在迷惘，害我都跟着慌张起来。”

“个性又很恶劣。”

“不过……他有时也很体贴呢。”

远子小姐的嘴角突然扬起，小巧的脸上浮现秀丽的笑容。

那花朵般的柔媚笑容让我看得心跳加速。

该怎么说呢？那是非常柔和、温暖，像是可以包容一切的微笑。

为什么她会露出这种表情？

我心悸不已。

“远、远子小姐……你、你喜欢井上先生吗？”

我踌躇地问。

这是明知故问。

若是不在乎对方，不可能露出那种表情。就算我只是个孩子也看得出来。

远子小姐睁大眼睛“呃”了一声。

她的脸颊微红，慌张地游移视线，食指点在唇上，低下头去。

“心叶……是我的学弟……就像个需要照顾的弟弟……”

像在解释什么似的，她神情寂寥地喃喃说着，又将点在嘴唇上的手收回胸前。

然后，她突然抬起头。

她的眼中含泪，笑得好美丽。

“你要保密哟。我好喜欢他。”

她小声而果断地说。

我的心脏跳得比刚才更猛烈。

远子小姐害羞地红透了脸，把食指点在嘴上“嘘”了一声。

“不可以告诉别人喔。”

她微笑着说。

我说不出话，只是一个劲儿地点头。

脸颊好烫。

不对，不只是脸颊，就连胸口、脑袋都变得好烫。

这句“喜欢”竟然有这么大的威力。

远子小姐说的话仿佛带有魔力。

各种情绪从“喜欢”这短短两字渐渐扩散出去，空气的颜色和温度都改变。

我感到由梨小姐——远子小姐——的爱充满整栋别墅，也流入我的心底，心脏扑通扑通跳动，胸口好闷。

讨厌，我到底是怎么回事？

好像哪里怪怪的。

为什么我的心会这样狂跳？

在厨房洗东西时、拖地时，心中的悸动仍停不下来。

远子小姐一直在玄关等待井上先生。

我不禁焦躁地想，希望他能快点回来。他到底去哪里玩呢？

好不容易等到井上先生他们回来时，已经过了傍晚。

井上先生打开玄关的门就看见远子小姐屈膝坐在那里读书，好像吓了一跳。

“哇！”

他惊叫着退后。

“干吗在这里看书啊？”

“要在哪里看书是我的自由。”

“坐在那种地方屁股不会痛吗？”

“我的屁股不需要你操心。”

远子小姐非常不高兴，这时麻贵小姐还调侃她说：

“喔？你吃醋了吗？”

于是，远子小姐面红耳赤地跟麻贵小姐吵了起来。

井上先生没帮她们两人劝架，只是畏畏缩缩地站在一边。

我一直用冰冷的眼神看着井上先生这副模样。

井上先生的个性果然软弱又不可靠，脸也长得像女孩子，实在让人难以喜欢。

——你要保密哟。我好喜欢他。

远子小姐的微笑突然浮现在我的脑海里，这时我和井上先生对上视线。

“!”

井上先生露出一脸尴尬的模样。

光是这样就让我的心脏快要爆炸，脸颊也烫得几乎冒火。

怎、怎么了？为什么？怎么会这样？

发现自己感到惊慌之后，我变得更加惊慌，完全不知该如何是好。

远子小姐的心情传进我的胸中。

由梨小姐留在别墅里的思念让我有点头昏。

因为起先在大门见面时，我惊讶地发现他跟秋良先生一模一样。

事实上明明完全不同。

可是，他跟村里的男孩子不一样。他既清秀又洁净，看起来很聪明，有都市人的气质，脸孔和声音都很温和，对我也很客气……不对，不是客气，而是害怕……可是……

远子小姐怒气冲冲地独自走进书房。

麻贵小姐捧腹大笑，井上先生则是一脸难堪地缩着脖子，走向自己的房间。

当时，他经过我的面前。

我的心脏几乎停止，又害怕把心情显露在脸上，因此轻蔑刻薄地丢出一句："真龌龊。"

井上先生的肩膀一抖，很抱歉似地缩起身子。

我虽然凶狠地瞪着他如逃跑般远去的背影，表情却渐渐垮下，甚至发现自己快要哭了。

胸口、脸颊都越来越热，脚步站不稳，呼吸也变得困难。

喜欢的情绪会传染吗？

因为太投入由梨小姐和秋良先生的故事，所以我也喜欢上很像由梨小姐的远子小姐所爱的井上先生吗？

我爱上了井上先生？

已经……来不及了吗？

既然如此，我只得藏起开始意识到的心情。

隐隐抽痛的胸中，传出"动心呀、动心呀"的哭声。

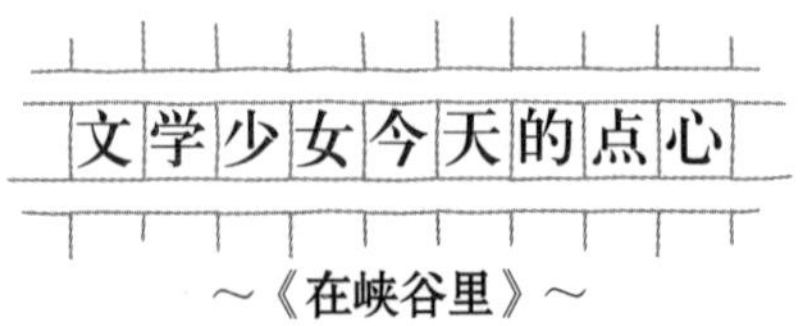

～《在峡谷里》～

我看过这样的远子学姐。

高一的时候，我在某天的午休时间去了文艺社的活动室，听到门后传来非常哀伤的歌声。

奇怪？那是远子学姐吗？难道她在练习唱卡拉 OK？

我凝神倾听，断断续续地听到什么枫叶、什么火红的歌词。

她唱的好像是童谣“火红的秋天”。

这个一向乐天、积极得让人头痛，一意孤行把我拉进文艺社的妖怪少女，居然这么沉郁悲伤地唱着“火红的秋天”？

到底发生了什么事？

我拉开门缝偷看。

然后，我看见穿着夏季制服的娇小背影，还有猫尾巴般的细长辫子。

远子学姐坐在铁管椅上，趴在桌上，不知道在写什么。

她手上握的是画笔吗？她拿着沾有红色颜料的画笔在纸上涂，同时用围上帘子般的沉郁歌声唱着时节不对的“火红的秋天”。

这超现实的景象让人不禁背脊发凉，我关上了门。

——当做没看见吧。

我在心底说着，就此悄悄离开。

同一天的放学后。

我走进社团活动室，看见室内晾着涂成艳红色的纸张。

这不是远子学姐在午休时间涂的东西吗？

我呆呆望着，远子学姐刚好走进活动室。

“啊！心叶，不能碰喔！”

她甩着长长的辫子慌忙跑过来，取下洗衣夹。

接着她走到桌边，用那张纸折起纸鹤。

咦？嗯？为什么是纸鹤？

她折得很认真，所以我没办法开口询问。

此时，我发现柜子旁边也悄悄挂着几只纸鹤，就像藏在书堆里似的。

我从未注意过那些纸鹤，但我记得刚被拉进文艺社时，纸鹤就挂在那边了。

纸鹤的颜色全是红色或朱色。

远子学姐将折好的纸鹤跟其他纸鹤串在一起，再挂回原本的地方。做完以后，她有如一扫胸中的郁闷。深呼吸一下后，笑得像太阳一样灿烂。

“啊啊，肚子好饿喔。心叶，来写些什么吧。”

她脱下鞋子瘫坐在铁管椅上，然后摇着椅子央求。

“好好好。题目是什么?”

我语带无奈地问，心里依然挂念着纸鹤。

“这个嘛，那就‘折纸’、‘夕阳’、‘圆周率’。限时五十分钟，预备，开始!”

远子学姐喀嚓一声按下她惯用的银色马表。

我打算跟平时一样写个怪里怪气的故事。

但是，“折纸”、“夕阳”这些词汇却让我反射性地想起远子学姐在午休时间把纸涂成红色的消沉背影。

我满心困惑地写着五十张一叠的稿纸，远子学姐则屈膝坐在一旁的铁管椅上，愉快地翻书。

今天她看的好像是契诃夫的短篇集。

她的手指从书本边缘撕下纸片放进嘴里，轻声细语地发表评论。

“契诃夫的短篇集就像在火炉上煮得热滚滚的罗宋汤。

“切成大块的洋葱、红萝卜、高丽菜。

“煮到软烂的五花肉。

“当然不能忘了带有泥土芳香的甜菜。这种红色蔬菜会把汤汁染成西沉夕阳般的嫣红喔!

“上面漂着雪白的酸奶油。

“热腾腾的蒸气、红色的汤、纯白的酸奶油，描绘出哀愁和回忆。契诃夫的故事充满如此动人心弦的落日风景呢。”

远子学姐慢慢咀嚼着撕碎的书页，吞入喉中，轻轻叹息。

“契诃夫是一八六〇年出生的俄国作家。

“契诃夫十六岁时家里破产，他一边兼做家教一边上学，靠着奖学金进入大学，还当上医生。

“这期间，他为了补贴家计，开始写短篇小说投稿到幽默杂志。

“他的小说得到很好的评价，后来出版成书，作家契诃夫自此诞生。

“契诃夫在四十四岁因结核病而早逝之前写了很多小说和戏剧。被誉为四大剧本的《海鸥》、《万尼亚舅舅》、《三姐妹》、《樱桃园》，都在描写平静流逝的无奈日常生活，以及突然涌现的一线希望或决心，是震撼人心的名作喔！

“他的每一本小说都很美味！那绝对称不上丰富甜美，而是像罗宋汤那样又烫又酸，却让人忍不住上瘾。

“契诃夫的故事是落日的故事呢。

“书中角色在日常生活中怀着各自的苦楚辛酸，淡然地过着不变的日子。

“但是，其中又有一点温馨、一点凛然、一点美丽，就像喝完罗宋汤之后，冰冻的心都会温暖起来哟。”

那位“文学少女”吃纸吃得沙沙作响，又用清澈透明的声音继续说：

“好比说，《可爱的女人》的主角每次换伴侣时，就会受对方的想法影响，对男人奉献出全部身心；《带小狗的女士》则描写男人和一位在公园见到的有夫之妇谈恋爱。这些女主角的个性虽然都很随波逐流，却也很可爱，让人不得不保护她们。啊啊，真会觉得现实中也有这种人呢。

“以悲伤回忆感动人心的《带阁楼的房子》，也是读完后会留下美妙韵味的杰作！吞下这些文字，肚子会顿时充满寂寞、幸福和无法言喻的味道！

“以医生作为主角的《姚尼奇》和《出诊》，还有契诃夫最后的作品《新娘》，都写出蕴含在人生悲哀之中的轻松，拥有让人回味无穷的魅力。

“不过，我最想推荐的还是酸味更重的《在峡谷里》。”

远子学姐撕下一大片内页。

“齐布金老人刻薄地经商，过着富裕奢华的生活。

“他有两个儿子，长男离开家里当警察，次男留在家里但是体弱多病，所以由他好胜美丽的妻子阿克希妮亚来操持生意。齐布金老人还有一个善良和气的小老婆，所以他很满意自己的生活，也以家人为傲。

“后来长男娶了妻子。那位叫做莉葩的少女还很年轻，而且是在贫困的环境里长大，所以她在这个富裕的家庭里感到很不习惯，也很怕自己的丈夫。

“婚礼过了几天，长男便回去执勤的地方。

“后来，长男牵涉伪造假钞而惹上麻烦。事迹败露后，齐布金老人平稳的日常生活开始崩坏。”

花瓣般的嘴唇吐出沉重的叹息。

“老人陆续失去重要的东西，变得像个空壳。就在这时，孑然一身离去的长男媳妇莉葩出现在他的面前。

“这个故事里没有奇迹，也没有超乎常人的角色。现实总是辛酸严苛，没有一时片刻的解脱，痛苦将延续到死亡的那一瞬间。

“但是，就像冰冷的酸奶油会温柔纾解舌头的火烫一样，刺激的酸味也会在一瞬间转变成贯穿胸口的清爽喔。有如下沉夕阳中突然闪现的柔和金光……契诃夫的故事里蕴含着不变的美感，还有一种澄澈透明的感觉。我最喜欢的就是这点。"

远子学姐露出微笑，很珍惜、很感慨地说。

她露出忧郁的眼神，轻轻转向暗红色纸鹤。

"……我也不能丧气，还是得继续努力。"

我很在意她忧伤的神情和发言，忍不住问道：

"那些纸鹤到底是干吗的？"

"是我的朋友。"

"朋友？"

"是啊。最下面的是小琪，上面那个是石榴，再上面的是……"

远子学姐慢慢说出纸鹤的名字。

"最近刚来的叫做小山。"

她的朋友真的那么少，甚至要帮纸鹤取名字？因为她真是妖怪吗？

我突然很同情远子学姐，还露出怜悯的眼神。

她对我伸出双手，微微一笑。

"心叶，点心写好了吗？"

"请用吧。"

"谢谢，我开动啰！"

远子学姐吃下用"折纸"、"夕阳"、"圆周率"这三个题目写成的短篇故事，眼睛立刻睁得老大。

"哎呀……真好吃……为什么？心叶，这一篇文章真的很好吃耶！就像洒满黄豆粉的炸面包，表皮酥脆，会有甜甜的黄豆粉一粒粒落下。

“两个乡下小学女孩之间的温馨友谊。

“她们在夕阳照耀的田间小路背诵圆周率，感情融洽地一起回家，还用折纸当做信件来交流。啊啊～多么可爱，多么好吃啊！心叶真了不起！”

看着远子学姐笑眯眯地吃“点心”，我突然很不好意思。

其实我是因为看到远子学姐午休时的异常模样，才写了她喜欢的甜美故事。这件事我死都不能说！绝对不能说！

不过，那些纸鹤到底是怎么回事……

我趁远子学姐专注吃点心的时候，偷偷拿起最上面的纸鹤。

仔细一看，水彩颜料底下似乎写了字。

数字？

题目？

答案？

打叉？

“呀！不行啦！心叶！”

远子学姐站了起来，脸红得如同夕阳。

我叫道：“这不是数学考卷吗？竟然只有三分……”

“呀啊啊啊啊啊啊！不行不行！不可以看！”

“啊啊，这张是七分，这张是十六分！什么小琪跟石榴的，原来是指分数？你怎么有办法累积这么多张分数凄惨的考卷啊？”

“讨厌啦！太过分了！竟然趁我忙着吃点心的时候偷看我的‘秘密’！”

远子学姐抢回以不及格的数学考卷折成的纸鹤，抱在怀里。

“呜……我下定决心，不管拿多少张满江红的考卷也要挺起胸膛、勇敢活下去，所以才把考卷折成纸鹤，你怎么可以说成那样啊！你太不尊敬学姐了。你们说对不对呀？小琪、石榴、小八、小绫、尔琦、小山。”

“干吗跟不及格考卷这么要好？你就是这样才会一直考不及格啦。”

“啊！你说得太狠毒啦！”

愤恨地含泪瞪人的远子学姐，真是彻底打败了我。

这个人到底在搞什么啊！亏我那么担心她！

我万分后悔，不该因同情而为她写甜美的故事，同时我也在心中发誓，明天一定要写个让她辣到脑袋麻痹的辛辣故事。

伤痛的绅士和无垢的歌姬

三球冰淇淋不偏不倚地撞在我的心口上。

“啊！”

我小声惊呼。

“哇！”

对方也慌张地大叫。

在人潮之中，我们同时停下脚步。

十一月的假日。

我到好朋友七濑的学校圣条学园参观文化祭。

圣条的学生很多，校园也大得可笑。我拿着导览图，走在挤满操场的摊贩之间。

天空从早上开始就是一片灰蒙蒙，小雨时落时歇，但学生的吆喝声还是充满活力。

呃，七濑的班级办的是庙会摊贩吗？好像要穿着浴衣摆零食摊或捞金鱼摊吧……对了，我也得去看看七濑喜欢的井上究竟长成什么模样才行。记得井上参加的应该是文艺社。

这时，胸口突然有一种冰凉柔软的东西贴上来的触感。

我最先看到的是巧克力、朗姆葡萄、橘子冰淇淋。握着冰淇淋杯的手指好长好漂亮，我不禁看呆了。抬头一望，有位身穿时髦笔挺西装的二十几岁成熟男性，惊慌地睁大眼睛看着我。

“对、对不起！对不起！啊啊啊啊啊，这么漂亮清纯的白色毛衣沾到巧克力了！而且还沾了这么大一片！啊啊，我该怎么道歉才好呢！”

他紧握着冰淇淋杯，嘴唇和肩膀颤抖不已，慌张得让人忍不住同情。

“呃，要用手帕……不对，应该先用自来水‘急救’……不对，在那之前要先去校工室借洗衣粉，不对，得去便利商店买漂白剂……”

他的身材高挑，容貌也很优雅，但紧张得满头大汗，眼睛转个不停，身体左右摇摆，一个劲儿地说着。

这模样实在太有趣，也很可爱，我忍不住噗哧一笑。

“没关系，我去厕所洗一下就好。我穿着外套，扣上纽扣就看不出来了。”

“那、那么，至少让我赔偿洗衣费吧。”

他想从外套口袋窸窸窣窣地掏出意大利名牌皮夹，但一只手还拿着冰淇淋，所以动作很不灵活。

“啊？咦？奇怪了。”

“呃，冰淇淋滴下来了……”

“咦咦！哇！”

融化的冰淇淋从他漂亮的指头滴下，他变得更加慌乱。

“唉呀！该丢在什么地方……”

他焦急地左顾右盼，此时杯子一歪，三球冰淇淋啪的一声落到地上。

“啊啊啊啊啊！”

他用悲痛的眼神看着脚边，接着突然惊觉，很羞赧地脸红看着我。

“让你见到我这么丢脸的一面，真是不好意思。啊，能不能请你拿一下这个……”

他把空空如也的冰淇淋杯递给我，等我接过以后就从口袋拿出皮夹打开。

“啊……”

结果他又垂下眉梢，表情黯淡。

“对、对不起，我平时带的钱不多……”

说完之后，他把三张千圆钞票放在我手上。

“对不起、对不起，我现在只有这么多。”

“咦？一千圆就够啦！”

虽然我想还他两千圆，他却不肯接受，反而又掏出零钱给我，两枚一百圆、三枚十圆、一枚五圆、两枚一圆的硬币依次放到我的手中。

“这个也给你，还有这个，以及这个，请你收下吧，算是洗衣粉和漂白剂的费用。”

他一脸抱歉，诚恳地说着，不过他还是放心不下，又把电话号码和电子信箱地址写在手册里，再撕下来堆在零钱上。

他一脸担心地凝视着我，恳求似地说：

“如果污渍洗不掉，或是洗衣费不够，请再联络我，我会去找同样的衣服。”

他是个比我年长、比我高、很有教养的男人，我一再觉得他可爱似乎很失礼，但仍忍不住笑意。

“好，就这么办吧，谢谢你，不过我想应该没关系啦。啊，你等一下喔。”

我跑到可丽饼摊，买了一个巧克力香蕉葡萄干可丽饼，又跑回来。

“这个赔偿你的冰淇淋。”

我笑着拿给他，他睁大眼睛，犹豫地说：

“咦？这怎么行呢，明明是我走路不看路，给你添了麻烦……”

“你不喜欢这种口味吗？”

“不会，这是我最爱的组合！”

“太好了。”

我露出笑容，他又瞪大眼睛。

“那就拜拜啦～”

“啊，谢谢你的可丽饼。”

“不客气。”

我笑着挥挥手离开。

“啊，阿球在搭讪女生。”

“阿球一定被甩了吧？”

后方传来调侃的声音，那些人叫他“阿球”。

嘻嘻，好像是女生。

他是圣条的学生吗？还是已经毕业的学长？如果他静静地微笑应该会很有魅力。

后来我去找七濑，还去井上所属的文艺社看过展览才回家。

“七濑，我看到井上啰！”

“咦咦咦咦咦咦！不会吧！”

当晚，我躺在床上跟七濑讲手机。

七濑显得非常慌乱。

“我、我不是叫你别去吗！你真坏！”

“抱歉抱歉，可是我真的很想看看你的白马王子嘛。你也真是的，一直不把他介绍给我。”

“呜，什么介绍……不不不可能啦，因为井上完全没注意到我，他一定连我叫什么名字都不知道。”

“那你更该积极地展现自己，让他更了解你，不是吗？”

“我也知道啦。可、可是今天还是失败了……”

七濑娓娓道来。

“听说井上的班级是办命相馆，我去参观时，发现井上在当占卜师。”

“喔喔！然后呢？”

“我坐在井上的面前，说‘请帮我占卜’。”

“嗯嗯。”

“可、可是啊，井上说‘请让我看看你的手’，他的手好像……快要碰到我的手，我就害羞地逃走。”

“哎哟……”

“井上一定觉得我是个讨厌的怪女生。我本来还想偷偷去看文艺社的展览，可是井上……和天野学姐两人关在教室里，我实在不好意思进去……”

七濑的语气软弱，声音越来越小。

“嗯，那种气氛确实很难走进去，教室里只有两人，而且静悄悄的。”

我听着手机，一边苦笑地说。

文艺社办展览的教室位于很少人会经过的校舍角落，也看不见半个参观者。

“所以，我可以马上认出井上。

“他是个身材纤细、头发清爽、气质沉静，看起来很纯洁的男生。可能是真的太闲，他坐在铁管椅上玩填字游戏，因此有个绑辫子的漂亮学姐骂他。

“‘心叶，客人来了啦，快点讲解给人家听啊！’

“井上听了就笑着说：

“‘不好意思，我们的社长太啰嗦。这里没什么好东西，请随意参观吧。’

“结果学姐又骂道：

“‘胡说什么！才不是没有好东西！这里的每一本书都是文艺社珍藏的宝贝呢！’

“但是，他也只是耸耸肩而已。

“我总觉得他的形象跟七濑形容的不太一样。”

我这么一说，七濑就问：“咦？不、不一样吗？”

“我还以为他是个更耀眼，更像王子的人。你本来就喜欢帅气王子，而且女生都抗拒不了英雄救美的白马王子呀。”

“什么嘛！我哪有啊？”

“因为你是纯情少女嘛。啊，不过我对他那种平凡的形象很有好感，他的笑容也挺可爱的，气质很清纯、很透明。”

“呜……夕歌，你不可以喜欢井上啦。”

“喂喂，你该不会吃醋了吧？”

“你那么成熟漂亮，而且比我懂得应对，又很会说话，如果你喜欢井上，我就没希望啦——”

“你比我更美啦，而且也很可爱呀。”

“咦……我、我才没有……”

七濑好像很吃惊，声音都变尖了。

我说的可是真心话喔，七濑真该多多了解自己的魅力。

她腼腆微笑的表情可爱得让人好想紧紧抱住她，井上如果看到那样的笑容，一定也会爱上七濑。

初中时，七濑把奶奶帮她剪的头发绑成两束马尾，裙摆不长不短，不修眉毛，也没把睫毛夹翘。她的个性害羞，对男生只会板着脸说话，所以班上男生对她的印象都没有多好。

“琴吹的眼神很凶耶。”

“脸长得丑，个性也丑，真是烂透了。”

这种无心之言很自然地传到七濑耳中，造成恶性循环，害她的表情变得更臭，而且整天低着头。

某一天，她却面红耳赤地跑来我的座位旁说：“夕、夕歌，教我怎么画眉毛。”

我由衷地相信，七濑只要稍微修饰一下肯定是个大美女，所以很开心地着手进行“七濑改造计划”。

首先带她去美容院剪个新发型，发色染淡一些，裙子长度缩短一些，眉毛也用发夹修得细细的，睫毛只把尾端稍微夹翘一些，七濑就变成闪亮耀眼的美少女。

男生看七濑的眼神有了一百八十度的大转变，但七濑只是心无旁骛地喜欢井上。

我真的觉得她好可爱。

“放心啦，我喜欢的类型跟你不一样。”

是啊……路见不平时会带着清爽笑容体贴地出手相助、纯净无瑕、完美无缺的王子是吸引不了我的，因为我觉得那种人根本不会在乎我。

比起这种类型……

“我可能更喜欢没用的男人。”

我想起拿着三球冰淇淋、眼睛惊慌转动、急得满头大汗的男人，忍不住笑了。

接着，我又想起他看见冰淇淋落下时的挫败表情、探口袋却迟迟抽不出皮夹的紧张表情，还有他把零钱放在我手中的正经表情，心中突然有种骚动不安的感觉。

“表面看似稳重，其实很不可靠，个性毛毛躁躁，一紧张就做错事……但是又很直率、很诚恳……这种人最吸引我。”

“夕歌好成熟喔。我看到人家慌了，自己也会跟着慌张，根本没空动心呢。”

我噗哧一笑。

“嗯，我们的喜好类型完全没有重叠嘛，所以用不着担心。”

井上虽然长得挺可爱，但也只是可爱到让我觉得“还不错”而已，要找对象的话就不考虑了。

“可是，你如果再拖拖拉拉的，说不定我会去告诉井上喔～”

“咦咦咦咦！”

“我要跟他说，你也多注意一下嘛，七濑爱你爱得要命耶！”

“不、不行！不行啦！夕歌！”

慌张的七濑真的很可爱。

“如果不希望这样，你就得更积极才行。”

“呃……嗯。”

她缺乏自信地喃喃回答。

为了鼓励胆怯的七濑，我提起我们音乐学校下次公演的事，跟她约好要一起去参观，聊着聊着夜也深了。

“那就晚安啰，七濑。”

“嗯，晚安，夕歌。”

“祝你梦见井上。”

“少、少乱讲啦！”

挂断电话、靠上枕头后，我又想了一下今天遇到的男人那害羞的笑容，真的只有一下下而已。

圣条文化祭的三天后，送洗的毛衣恢复了洁白无瑕。

“看吧，我就说没问题嘛。”

我在房里摊开毛衣，喜滋滋地说。

那个人说如果洗不干净可以联络他，但我觉得没这个必要。

不过，他看起来很有责任感，也很担心，或许还是联络一下比较好……

我打开手册，盯着里面夹的纸片，上面有他的手机号码和电子信箱。

该怎么办呢？

寄信吗？可是他没写名字，这个人果然少一根筋。

如果我在信中叫他阿球，他说不定会吓到。

想到他慌张的表情，我又笑了。

最后，我决定直接打电话。

播号声响起，在切换到语音信箱之前……

“喂？”

有声音了。

“你好，我是跟你拿了洗衣费的人，记得吗？”

“啊啊！是的！当然！”

爽朗动听的声音从贴在耳朵上的手机里传出。

哎呀，我之前都没注意到，这个人的声音真好听。那是洪亮透明的悦耳声音。

“啊，被我弄脏的污渍还是洗不掉吗？”

他的语气突然变得很担忧。

我笑着说：“已经洗得干干净净，像新的一样，所以特来报告。”

“喔喔，太好了，我一直很担心呢。谢谢你打电话告诉我。”

他的声音真的很好听……我不知不觉地闭上眼睛，听得入迷。

“喂喂？”

“啊，是的。”

“你怎么了呢？”

“没什么，只是觉得你的声音很好听，所以听得出神了。”

“咦！”

他踌躇了起来。

“呃，哪里哪里……我的声音没有多好啦……”

喃喃说着的声音非常谦虚。

“挺不错呢。我在学校学的是声乐，所以听到好听的声音就会很着迷。”

“……声乐？”

“是啊，真希望将来可以站上歌剧舞台。”

“是吗？难怪，我一直觉得你的声音比我更美、更清澈。”

“咦！”

这次换我说不出话。

“第一次有人夸我的声音很美耶。啊哈哈，真不好意思。”

“不会啦，我的耳朵是很灵的。”

清爽的声音如此回答。就算这是客套话，我也很开心。

后来我们又聊了很久。

“你读的是哪间学校？喔喔，是白藤附中啊？那里出了很多歌剧歌手呢。”

“你很了解嘛，难道你做的是跟音乐相关的工作？因为你的声音也很好听。”

“我的工作跟声音无关啦，不过的确跟音乐有关。”

“圣条学园的管弦乐社很有名，难道你是管弦乐社的毕业学长？”

就这样，我们从彼此的背景聊到文化祭发生的事，又聊了当天看到什么，以及喜欢的冰淇淋口味这种无关紧要的事……

我突然发现，我跟这个只见过一次的人聊了将近一个小时。

“真对不起，一不小心就聊了这么久。”

“不会啦，我才多话呢。你很忙吗？”

“没有，我蛮有空的。”

我差点脱口说出“那我可以再打电话给你吗”，不由得红了脸颊。

如果我主动说这种话，也太厚脸皮了。

在犹豫之间，我们已互相道别，挂断电话。

对了……我还没问他的名字，也没报上自己的姓名……

我们到此为止了吗?

我看看手上的手机，突然觉得有些寂寞。

◇　◇　◇

重逢就在隔天。

放学后，我在学校礼堂为十二月的公演进行彩排。

戏码是普契尼的《蝴蝶夫人》。

这出戏叙述可爱的日本女孩蝴蝶夫人，嫁给美国海军军官平克顿但又遭他遗弃，因而自杀的残酷故事。

我演的是女主角蝴蝶夫人的朋友，众多合音之一。

每年公演都会邀请专业歌剧歌手来当贵宾，这次平克顿一角也请了业界中非常出名的男高音来担任，大家都很有干劲。

虽然这次公演时是担任配角，但下次公演或许可以得到更好的角色。大家一定都怀着这个愿望而努力着。

“体贴的朋友啊，希望你开心。”

众人围绕着蝴蝶夫人唱歌，歌词是意大利语。我很喜欢意大利歌剧的活泼气氛。

这时突然传来窃窃私语。

好像有个人来了，大家看见那个人都很惊讶。

我也往那方向望去，顿时大吃一惊。

有个容貌英俊的高大男人在观众席慢慢坐下。

他就是把巧克力冰淇淋沾在我纯白毛衣上的阿球。

为什么他会在这里？

而且，为什么他那么沉着？还用一副理所当然的态度坐在椅子上……咦？不会吧！他在看我了！

我满怀困惑，歌词都唱错，表演得乱七八糟。

没过多久就是休息时间，老师把阿球介绍给大家。

大家听到他叫球谷敬一，纷纷大喊“果然”或是“咦！是那个球谷先生？”

我也吓呆了。

阿球竟然是球谷敬一？

他是从小就获得“天使的歌声”之美誉，在外国比赛中屡次得奖，被大家公认的天才歌手。

他长大以后仍然保有蜂蜜般甜美的男高音，被誉为声乐界的王子，但他却没去当职业歌手……从某种角度而言，他比职业歌手更出名。

竟然是那个球谷敬一！

我的脑袋糊成一团，羞得脸颊呼呼发烫。

啊啊啊啊啊啊！怎么办啦！我虽然听过球谷敬一唱歌，但他站在舞台上时都是盛装打扮，还会化妆，所以我没认出是他。

我竟然那么自以为是地跟球谷敬一说些“我觉得你的声音很好听，所以听得出神了”或是“挺不错”这种话！

哇啊啊啊啊啊啊！丢脸死了！

我的心脏怦然作响，几乎要跳出胸膛，完全不敢直视他。

虽然如此，我还是战战兢兢地抬眼偷瞄。他被大家包围，一脸温和地回答问题或是点头。

总觉得他好像是另一个世界的人……我正感到落寞时，他朝我望了一眼，露出为难的笑容。

那个表情有些软弱，所以我也对他微笑，像是偷偷打暗号。

结果他不知是喜悦还是放心，又对我微微一笑。

啊……我怎么突然觉得很开心？

胸中骚动了起来，那是很温暖、很轻柔的感觉。

练习结束后，他在我回家的路上等着。

我早就料到他一定会出现，所以这次没被他吓到。

“为了报答你请我吃可丽饼，能不能让我请你吃饭呢？”

听到他的邀请，我气定神闲地回答：

“我很乐意，而且我也有话要向你抱怨。”

“咦？在这里吃饭？”

“是啊，我很推荐萝卜和竹轮。”

他像个孩子似的愉快回答，坐在长椅上，点了萝卜、竹轮、豆腐丸、鸡蛋、豆皮荷包。

这只是路边摊关东煮嘛，跟他的气质太不搭调了。

不过，煮得直冒白烟的每一种关东煮看起来都很好吃。

“今天我的皮夹里带了万圆钞，所以想吃什么都尽管点吧。”

“那我要点你推荐的萝卜和竹轮，还有鸡蛋、高丽菜卷和蒟蒻。”

我们并肩坐着聊天。

走到这里的途中，我已经抱怨了不少，像是“为什么不告诉我你就是球谷敬一”、“突然跑到我的学校根本是犯规”之类的，因而此时也毫不客气地点菜。

“阿球，你为什么不当职业歌手？”

“我的个性很懒惰，不太适合。”

“你不觉得可惜吗？大家都叫你天才耶。”

“只限国内啦，比我更厉害的歌手在国外多得是。”

“是吗？这么说来我也有待磨练呢。”

“水户小姐想当职业歌手吗？”

“嗯，虽然现在只能当合音。我很喜欢唱歌，真希望有朝一日能在舞台上尽情地唱‘茶花女’、‘托斯卡’或‘波希米亚人’，心情一定会很舒畅。”

“……是啊。”

阿球做梦似地眯起眼睛，表情有些苦涩。

“如果水户小姐成为歌手站在舞台上，我就去献花。”

“哇！真的吗？”

“真的。”阿球成熟地笑着，“你喜欢什么花？”

“蓝色蔷薇！”

“蓝色蔷薇？有这种花吗？”

“嗯，虽然是用染的，不过真的很浪漫、很漂亮。听说花语是奇迹、不可能的事。”

“不可能的事……”

他又露出寂寞的眼神。

“可是，如果‘不可能的事’真的发生在现实里就太棒了！

所以我喜欢蓝色蔷薇！”

“水户小姐真有雄心壮志。”

阿球温柔地微笑。

“阿球，你现在做的是什么工作？”

“老师。”

他愉快地回答。

“老师？是音乐老师吗？”

“是啊，我从今年开始在圣条学园教书。”

“咦咦！这、这样啊……”

所以才会有女生叫他“阿球”。

“我看到年轻的孩子就觉得开心，大家都全力以赴地参与社团、读书、谈恋爱呢。我的学生时代在国外度过，无论白天晚上都一直在上课，所以我想从现在开始找回失去的青春。”

“这种说法听起来就像老头子。”

“啊，会吗？”

“而且……干吗一直那么客气地叫我‘小姐’啊？呃……我是不是也该尊称你‘先生’比较好呢？”

“不用，水户小姐照现在这样就好，因为你不是我的学生。我长期住在国外，所以说话习惯受到影响，而且我身边的人也都是年长又值得尊敬的老师。”

“阿球过得真辛苦呢。”

“不过我现在不唱歌，轻松多了。”

“嗯，这样说来阿球不唱歌比较好啰？”

“是啊，多亏如此，我才能在文化祭吃到三球冰淇淋和可丽饼。”

阿球回答得笑容满面，像孩子一样活泼可爱。

关东煮滚烫又入味，非常好吃，我后来又点了好几样。

“哇！肚子吃得好饱，身体也暖起来了。”

用完餐后，我和阿球到公园里散步。

真奇怪，明明没喝酒，我却觉得脚步飘飘然。

“萝卜和竹轮都非常好吃喔！不过，我本来还以为你会带我去高雅的法国餐厅之类的地方呢。”

“那种比较好吗？”

“才不会，关东煮最棒了！要是眼前摆满法国料理，我一定会紧张到舌头打结。”

“其实我也是。”

阿球害羞地说。

我嘻嘻笑着，随口唱起蝴蝶夫人的歌。

我过惯了简朴安静，微不足道的生活。

胸中跃然，甜美歌声从嘴唇吐出。

我不管技巧或发声，只是随意哼唱，光是这样也很快乐！

我习惯了围绕心房的温柔，
像天空一般、像海水一般的深厚温柔。

阿球也笑着，小声唱出平克顿的歌词。

我的蝴蝶夫人！有如柔弱的蝴蝶，

多么美丽的名字……

天空像掩上布幕般黑暗光滑，竖立于公园角落的路灯仿佛聚光灯一般，照在地面石板上。

在灯光下，我们相视微笑，一起歌唱。

听说在海洋的尽头，

蝴蝶尽被人们捕捉，

用针穿过，钉在木板上。

我用戏谑的眼神仰望阿球，他则谦和有礼地牵起我的手，轻声唱着。

这种事也是有的。

知道这是为什么吗？那是为了不让它逃走。

剧本里的平克顿和蝴蝶夫人热情相拥。

但我把手从阿球的手中抽开，笑着跑走。制服裙子被寒风吹得翩翩舞动。

阿球笑着伸出手。

来吧，过来这里。

让我亲吻你可爱的手。

那是像蜂蜜一样融化人心的甜美男高音、甜美的眼神。

但是，我却笑着摇头。

啊啊，美好的夜，满天的星光！
我从未见过如此美丽的星辰。
所有的星星都像在眨眼，
绽放着闪烁的光辉。

阿球也笑着。

眼神充满诱惑的可爱女子。

歌曲的顺序颠三倒四，我们只唱出想唱的段落、场景。

这样真的很有趣，我几乎压抑不了心中的骚动。

阿球握紧我的手。

我也不再逃跑，而是和他互相凝视。

阿球的双眼，还有他眼中的我的双眼，都像星星一般闪闪发光。

“终于抓到你了，蝴蝶夫人。”

阿球开玩笑地说。

“我跟蝴蝶夫人一样是十五岁。”

“这真是……大问题呢。”

“你握住十五岁女孩的手，女朋友会生气哟。”

阿球听到就爽朗地露出笑容。

“这点倒是不用担心，我没有女朋友。”

他说完后不好意思地脸红。

◇　◇　◇

我在手机里向七濑报告自己交了男朋友，是在圣诞节的一周前。

“圣诞夜我要跟男朋友一起过喔。啊，不过今年圣诞节也会跟你一起过。”

“你交了男朋友？在哪里认识的？从什么时候开始交往？他是怎样的人？”

“我们是在你学校文化祭上认识的哟。”

“难道是我们学校的人？”

“嘿嘿，是啊。”

七濑非常讶异。

她好几次问我，对方在几年几班、是怎样的人，但我只是敷衍地回答：

“等到你跟井上变成男女朋友后，我再告诉你。在那之前都要保密。”

如果我说“是你们学校的音乐老师”，七濑一定会更吃惊。

“他虽然有点软弱，但是很可爱，跟他在一起我就觉得好开心、好温暖。”

我忍不住满心甜蜜地说，自己都觉得炫耀过头了。

敬一……我从上周六开始这样叫他。

敬一也不再叫我“水户小姐”，而是叫我”夕歌”。

我去参观文化祭时，压根儿没想过自己竟然会跟七濑学校的老师交往。不过就像蓝色蔷薇的花语，我们之间真的发生了不可能的事。

起初只是觉得聊起来很愉快，而且我们都明白年龄和身份的差距。我们就算不同校，但毕竟仍是老师和学生。

不过随着见面次数越多，就越觉得那些事都不重要。

“我能当你的男朋友吗？比你大八岁的大叔是不是出局了？”

敬一担心地问，我面带微笑回答：

“只要你答应不像平克顿那样变心就没关系。”

敬一由衷欣喜地笑着抱紧我。

“既然如此就没问题。如果你担心，可以用针把我钉在木板上。”

“我才不会对宝贝男朋友做这种事呢。”

我也满怀幸福地靠在敬一的胸前。

然后，我们便成为男女朋友。

今年圣诞夜，我要和他一起度过。

现在我的心脏已经开始怦怦乱跳，几乎跃出体外。

“你也快点跟井上交往嘛，到时我们就可以四人一起去约会。”

那是幸福到令人目眩的未来。

隔天，公演练习结束后，我去了敬一的公寓。

我说好今天要帮他做晚餐。

敬一还没回来，我用备份钥匙开门进去。

他家的客厅很宽敞，待起来很舒适，地毯和窗帘款式很优雅，色彩也很柔和。

今天来做豆腐汉堡排吧，再加上大量蔬菜做成的酸甜馅料。

味噌汤还是用萝卜和油豆腐比较好。

为心爱的人下厨是很愉快的事。敬一总是满怀感激地吃着，所以我更开心。

我跟着CD唱起赞美歌。让那洁净得有如光芒逐渐上升天际般的歌声包围，我就觉得世界上的一切都好可爱。

啊啊，我身边美丽的事物何其多啊！

我正在切汉堡排要用的红萝卜时，传来了开门声。

是敬一！

“你回来啦！”

回头一看，我的背脊立即冻住，因为敬一脸色发青地僵立不动。

他似乎受到什么打击，眼中浮现强烈的怯意，嘴唇也在发抖。

我还是第一次看见敬一这副模样！

我一时之间也僵在原地，说不出话。

只见敬一双腿一软跪倒在地，缩紧身体，双手捂着耳朵，不停颤抖。

“别这样……为什么！为什么要追来！”

他嘴里说着我听不懂的话，用力摇头。

清澈高亢的赞美歌从音响里流出。敬一的表情和声音都在抖动，那是哀号般的嘶哑声音。

“拜托！别再唱了！别再让我听到那个声音！我……我好不

容易才忘掉啊！我都不再唱歌了！求求你，放过我吧……放过我、放过我……”

他把头靠在地上不断哀求，汗水和颤抖连一刻都没停过。他断断续续的声音混在赞美歌里，奏起暴风雨般的不和谐音，我也仿佛随着暴风雨飘荡翻腾。

怎么了？发生什么事？是因为赞美歌吗？

我急忙关起音响。敬一仍捂着耳朵发抖，我跪在他面前，把他紧紧拥在怀里。

“对不起，我不知道你讨厌赞美歌。我已经关上音响，没事了。”

我反复说着“对不起”和“没事”，用汗湿的手握紧他冰冷僵硬的手。我好担心敬一会一直颤抖，怕得心脏都揪起来。

但是敬一渐渐平静下来，他的手指在我的手掌之下慢慢放松……

话虽如此，我们仍维持这个姿势好一阵子。

“……对不起。”

敬一虚弱地说。

“不会啦。”

我仍握着敬一的手，在他耳边轻语。

“你想起害怕的事吗？”

“……”

敬一沉默不语。

“不想讲也没关系，等你想讲的时候再告诉我吧……”

“……谢谢你。对不起。”

我紧紧抱了一下敬一，然后拉开他的手，继续握住，露出开朗的笑容。

“你肚子饿了吗？很快就能吃晚餐，先去换衣服吧。今天有豆腐汉堡排和萝卜味噌汤喔。”

敬一也露出僵硬的微笑。

“都是我喜欢的菜色呢。”

“嗯，我也觉得你一定会喜欢。”

我像是要拉起敬一似地利落站起身。

“我要做出最好吃的汉堡排。”

“只要是夕歌做的，什么都好吃。”

敬一柔和地说，僵硬地捏捏我的手，然后走进隔壁房间。

我也回头继续做料理。

汉堡排、味噌汤和色拉都做得很成功，我们共度一段悠闲欢乐的时光。

两人一起收拾完餐具后，我们并肩坐在沙发上闲话家常。

譬如说，七濑从初中开始喜欢同年级的井上、七濑乍看冷漠其实很有女人味又很可爱、希望七濑跟井上早点两情相悦……之类的。

还有，真想快点把敬一的事告诉七濑，然后四个人一起去约会，一定会玩得很开心……之类的。

还有，有没有看过井上美羽的《仿若晴空》。

那是我很喜欢的小说，文风很可爱、很温柔，美羽还跟我同年纪呢。不知道她是个怎样的人……我下次顺便带《仿若晴空》的 DVD 和原声带好了。电影的画面非常美，有刚下过雨的蓝天、黄昏里的单杠、饮水台、沉静的走廊……

饰演树的演员选得很好……

主题曲的旋律也很闪亮、很透明……让人听得好想哭。

我一直希望……自己能像树那样，全心全意地喜欢一个人……

敬一也平静地应和着我。

靠在一起的肩膀好暖。

我的手按住敬一放在膝上的手。

窗外不知何时开始下起雨。

我们听着轻柔的雨声，持续着平凡又幸福的对话。

敬一突然担忧地说：

“夕歌……你会一直待在我身边吗？”

敬一看着我，眼神不安地摇摆，手也变得僵硬。

他回忆起什么？他在想什么呢？

我心爱的人……手变得这么冷、这么僵硬……

我突然感到一阵悲伤和疼惜，心头都揪紧。我轻轻抚着敬一紧握的拳头，像是摸着某种毁坏的东西，把自己的手指插进他的手指之间。

“嗯……我会一直在你身边。”

说是爱也太夸张了。

可是，我觉得这种温馨苦涩的感情比普通的“喜欢”更厚重。

我用自己的手掌温暖敬一的手指，轻声说道：

“对了，蝴蝶夫人知道平克顿和其他女人结婚时，唱出‘无法秉持荣耀而活的人，只能秉持荣耀而死’……

“可是，我觉得没有荣耀也无所谓……我不会为这种事寻死。

即使活得再辛苦、再悲惨，浑身脏污……我也要活下去，陪在你的身边……我保证。”

“……太好了。”

敬一把脸靠在我的脖子上，他好像哭了。

我和他的手指互相交缠，谈起未来的事，譬如下次约会要去哪里，圣诞夜想要吃什么之类。

同时我也向神祈祷，这段浓情蜜意的时光可以永无止境地延续下去。

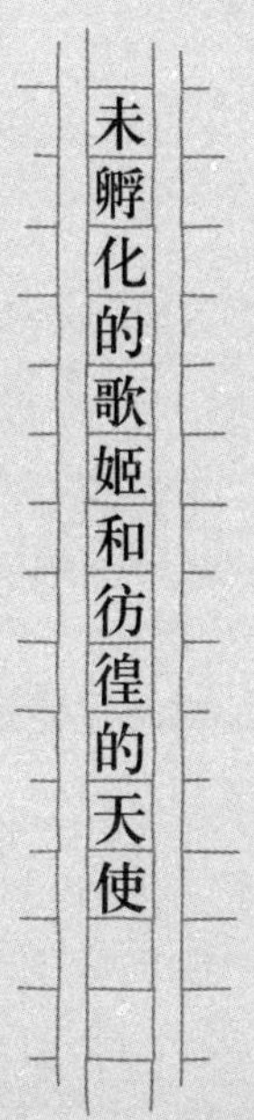
未孵化的歌姬和彷徨的天使

“下次发表会的主角是新田晴音同学。”

“晴音！恭喜你！”

“晴音一定能演出最棒的珊塔，要加油喔！”

我做了这个梦的隔天……

“唉……又是合音。”

我失望地垮下肩膀，走在寒风飕飕的黄昏街道上。

本来以为这次会被分配到好角色呢。进入音乐大学附属高中声乐科已经到了第二年的秋天，我却一次都没拿过合唱以外的角色。

真想在十二月发表会上饰演《漂泊的荷兰人》的珊塔……

事情不该是这样的……

小学、初中每天都在合唱团里唱歌的那段日子，老师常称赞我“新田同学的声音很有活力，也很洪亮，非常好”，每次都指派我担任独唱。

进入音大附中以后，我要更努力练习，继续精进，得到专业人士的赏识，然后到巴黎、柏林或米兰留学，在那里出道……我怀着无边无际的梦想。

但我进入向往的学校后，才发现有很多曾经留学海外或是得过奖的人，吓得都说不出话，老师则完全没注意到我。

这样也想成为职业歌剧歌手，简直让人笑掉大牙。

“唉……如果我一直当合音到毕业该怎么办啊？话说回来，我该不会毫无才能吧？”

我重重地叹气，头垂得很低，露出的脖子好冷。我实在无法想象光明灿烂的未来，以后该不会永远碰不到快乐的事或好事吧？

“不，不会这样的。”

我激励着自己，试图振作逐渐下沉的心情。

对了，井上美羽的新书下周就要发售！这绝对是好事。

自从我在小学看了《文学少女》之后，一直是美羽小说的忠实书迷。读了那个纯洁美丽的故事，让我感到跃跃欲试，好想用歌唱来表现她那细腻的世界。

很快就能看到美羽的新书了，我非得努力不可。只要努力不懈，一定能逐步接近梦想。

“好！今天也要尽情练习！”

我借着把话说出口来提升斗志。

我踩着坚定的步伐，来到闹区边缘的老旧大楼。

这栋楼下个月即将拆除，现在全都空着。

屋主是地下室驻唱茶店的老板，也是我的远亲，他说拆除工程开始之前都可以让我在这里练习。

我走下昏暗的楼梯，打开地下室的门，点亮仅有的一盏灯。

桌椅都堆在室内角落，空旷的地板上映出白光。里面有个小舞台，我站在上面，毕恭毕敬地行礼。

“非常感谢各位今天大驾光临！我会好好努力！请听我唱

歌吧！”

这里是歌剧院的舞台，满席的观众都等着听我唱歌。

我怀着骄傲兴奋的心情，先从基础的“Chorübungen”和“Concone”开始唱。“Chorübungen”是由不构成旋律的单音所组成的练习曲，“Concone”则是用“A、I、U、E、O”这些元音进行的音阶练唱。

虽然只是枯燥的反复练习，但是换了场所就会别有一番新鲜感。

接着我唱起《漂泊的荷兰人》的《纺纱合唱》。

这不是女主角珊塔的独唱，而是合唱曲，是村里的姑娘们一边纺纱一边歌唱的可爱歌曲。

喀啦喀啦咕噜咕噜，可爱的纺车，
精神饱满地滚滚转动，
纺呀纺，纺起千缕丝，
可爱的纺车，喀啦喀啦咕噜咕噜，
心爱的男人，在遥远的海路，
思念故乡的可爱姑娘。

德语唱起来比意大利语更有分量，更具戏剧性。

这只是日常的活泼景象，我却仿佛听到命运的纺车转动的声音。

可爱的纺车，转呀转，
风儿也随之吹起，

心爱之人就要返航。

姑娘们转着纺车愉快地唱歌，只有珊塔一个人静静凝视着墙上的肖像画。

图中画了一位身穿漆黑西班牙服饰，脸色苍白的男性。

珊塔爱上了那个人，因而姑娘们调侃着珊塔。

珊塔竟为画中男子感伤叹息。

我想要唱得更好。

更好，还要更好。

希望有一天能上台饰演珊塔。

要唱得更响亮！

还不够！要更用力地唱出来！不行，还不够！声音还含在嘴中发不出去！

我叹着气，全神贯注地歌唱。

椅子堆成的小山后面传来喀哒声。

我一开始还没发现，以为只是椅子倒了，后来看见有个身穿老旧皱外套的高大男人从阴影里走出来，我的歌声霎时哽在喉咙里。

是、是谁？

黑影落在他消瘦的脸上，看不清长相。他大概四十岁？不对，说不定更老。他的嘴边长满胡子，浑身带着阴沉的气息，好像刚从地底爬出来似的。

难道是流浪汉……

我的背脊冻结，空气紧张地绷住。

脚步声叩叩响起。

男人的眼神畏惧，带着走投无路的表情朝我逼近。

“你……”

他用嘶哑的声音说道。

好痛苦的眼神。

恐惧充斥在我的脑海中，我大声尖叫，抓着书包逃出去。

我两步做一步，死命爬上通往一楼的楼梯，海鸥吊饰在肩背书包上猛烈跳动。

我有一种错觉，好像随时会有冰冷的手从后面抓住我的脖子，吓得我直发抖。

那个人是谁？这是怎么回事？

冷风猛然吹上我火烫的脸颊。我已经来到室外，但仍压抑不了恐惧，继续奔跑。

我一口气跑到热闹的明亮大街上，这才敢停下脚步，两手撑在膝上不断喘气。

身体好热……心脏差点吓破了。

那是擅自闯入的流浪汉吗？

我想起他凄苦的眼神，好像想要说什么的模样，就觉得胸口有点疼，但恐惧感更加强烈。

“你……”

想起他那嘶哑的声音，我不禁战栗。

如果他明天还在那里该怎么办？

隔天。

我苦思良久以后，先去折扣商店买了防狼喷雾剂和警报器，才走向大楼地下室。

时间跟昨天一样，都是黄昏将尽的时刻。

我紧张得浑身紧绷，慢慢走下楼梯。

如果……如果他还在的话……

就要按响警报器，拿喷雾剂喷他，打手机报警，然后……

我屏着呼吸开门。

“！”

喉咙瞬间堵塞住。

昨天那个男人就站在空旷的室内。

他没有躲藏，等人似地看着门口。

跟昨天一样，他穿着皱巴巴的外套，脸上满是胡子，头发留得好长，枯瘦的脸颊苍白得有如病人，注视着门口的眼神既阴沉又痛苦。

虽然我已做好十足的心理准备，但仍愣在原地。

当我惊觉过来、想要按下警报器时，男人发现了我，便说：

“太好了，总算等到你！”

声音嘶哑而破碎，却又带着一股决心，让我正待按下警报器的手指不由得停住。

男人走了过来。

“你昨天在这里唱歌对吧？”

他像要吃人似地紧盯着我，好像很难受、很悲哀。

我明明想着非得逃走不可，双脚却动弹不得。

他的语气犹豫，但隐含着一种非说不可的执着。

“你、你的唱歌方式……很不好！那种唱法……总有一天会伤害你的嗓子！”

我大吃一惊，顿时忘记警报器和喷雾剂的事。

没想到他要说的是这句话。

他听了我唱歌吗？

接下来，他开始解释我的唱法会给喉咙带来多少负担。下颚太用力，软腭音张得不够开，舌沟没有降下，唱得太用力反而会吐出太多空气，横膈膜的操控很差，调息方式也不好。然后，他滔滔不绝地大谈被这种唱法伤害喉咙的歌手，以及正确的唱法。

他说不定喝醉了。但我闻不到酒味，他的脸也不红，而且他似乎很懂得唱歌，评论也中肯得令人心惊。

这个人是怎么回事？

我睁大眼睛，哑然无语，呆呆听他说话。

因为太过惊慌，我还没办法掌握状况。我竟然在听一个长满胡子、穿着皱外套、显然没有正职的陌生人大谈歌唱的建议！

我开始觉得恐怖。这个人……会不会是疯子？

他痛苦地扭曲脸孔，眼神这么绝望无助，会不会是嗑了药？

如果他突然变脸朝我扑来……

这时，他伸出细细的手指按住我的眉间。

“这里……要把气提到这里发声。”

好冰冷的触感！

眉间顿时发热，我吓得差点停止呼吸，慌张后退。

“谢、谢谢，我、我会参考你的意见。”

我死命挤出正常的语调，以免刺激到他。

“我还有事要忙！”

说完之后，我像昨天一样一口气冲上楼梯，跑出室外。

那个人果然怪怪的！

他突然伸手摸我，吓得我脑袋发烫，全身冒出鸡皮疙瘩。

怎么办？他明天还会不会来？难得有这么适合的地方练唱，却又不能用了。

不过，我的唱法真的很差吗？

他说再这样下去，我的嗓子会坏掉。

不会的，那个人一定是嗑药嗑昏头，随便说说而已。

虽然我想要这么认为，胸中的不安却仍然没有消失。

是因为这样吗？

隔天放学后，我在练习发表会要唱的《纺纱合唱》时，突然想到他说的话。

那个人告诉我该怎么唱才对。

随便听信陌生人的建议实在太愚蠢，只会白费工夫。不过，我还是半信半疑地照着他说的方法发声看看。

我注意着横膈膜的动作，放松下颚，张开喉咙，感受着呼吸传到眉间。

一开始做得并不顺手，我太在意下颚和喉咙的力道，连歌词都唱错。我到底在干什么啊？自己都觉得好丢脸。

那个人果然只是个怪叔叔。

我一边想着还是恢复原本的唱法吧，一边又试了一下，只是一下下而已。

突然间，我感到声音从鼻梁一口气蹿上眉心，自己发出澄澈的声音。

一直含在嘴里的歌声仿佛终于得到解放，雀跃地跳脱而出。

——咦？

我发现了自己所有改变，非常讶异。

可爱的纺车，转呀转，
风儿也随之吹起，
心爱的人就要返航。

这是我的声音吗？

从前我都是使尽力气地唱。

但是，我此刻的声音比过去都要轻柔，更加延伸出去，有一种强劲展翅飞得又高又远的感觉。

纺呀纺，勤奋地纺，
喀啦喀啦咕噜咕噜，可爱的纺车。
喀啦喀啦咕噜咕噜！
托啦啦啦啦啦啦啦！
托啦啦啦啦啦啦啦！

好棒！好棒喔！

竟然可以唱得这么自由、这么轻松！

先前的不安和消沉就像假的一样，心情非常畅快。

好像被闪闪发亮的空气包围着，声音变得清澈而闪耀！

那个人说的是真的耶！

练习结束后，同学们都惊讶地说：

“晴音，你今天的声音好响亮喔。”

“状况很好耶。你改变唱法吗？”

“嗯，稍微换了一下。”

我没说出地下室里那个人的事，但不是因为还觉得他很可疑，而是因为开始觉得这是个令人雀跃的秘密。

天色很快地变暗，到了黄昏，我兴奋地走下废弃大楼的楼梯。

得向那个人道谢！在那之前，必须先为逃跑的事道歉！然后、然后……

我满心感激地拉开门。

可是里面没开灯，也不见人影。

我点亮灯光，在室内来回走着。

“不好意思……有人在吗？”

就连堆在角落的椅子后面和桌子底下我都找过，但一个人都找不到。

喜洋洋的心情瞬间变成失落。

他今天没来……是不是因为我昨天逃走，他觉得很不愉快呢？

亏我还特地来向他道谢。

我意志消沉地站上低矮的舞台，开始唱歌。

如同天使赐予的女孩，你在何方？

愿意献上一切的妻子，你在何方？

喔喔，声音果然比平时嘹亮。

声音仿佛自丹田涌出、从喉咙深处冲出，拓展开来，感觉非常棒。

我对这脱胎换骨的歌声着迷不已。

这时，我感觉到门边有人。

那是很微弱的空气震动，简直不能称为声音，只有一种类似预感的感觉。

定睛一看，皱外套的边缘在视野里一闪而过，吓了我一跳。

我停止唱歌，跑向门口。

他正要匆匆离开，我急着冲过去，伸出手来拼命大喊。

“等一下！请你等一下！”

我抓紧外套的一角，他一脸脆弱地转过头来。

我立刻朝他鞠躬。

“昨天非常谢谢你！我照你的建议唱歌，嗓子的状况变得非常好呢！”

他的神情似乎很彷徨，只是垂着目光，尴尬地保持沉默。是因为我抓紧他的袖子不放吗？

他小声地回答：

“……是啊……你今天的歌声很动听。”

那是害羞的温柔语气。

我直盯着他，他很不好意思地转开视线，像在辩解似地说：

“……那个……昨天和前天吓到你了，所以今天……我本来打算偷偷听你唱完就离开……打扰你练习，很抱歉。”

明明是个比我年长的大叔，说起话来却很缓慢且客气。

他的脸颊很瘦，笼罩着寂寞的阴影，但仔细一看其实长得很端正。要是剃光胡子，说不定会年轻个五岁吧。

“是我不该突然逃走，真是对不起。”

“没关系，逃走也是应该的。”

“可是，我真的很感谢你。可以唱得那么轻松，连我自己都吓了一跳呢。你唱过声乐吗？”

他眼中的阴影更深了。

“……高中时代唱过一些……也教过音乐，如此而已……”

“你是学校老师吗？”

他好像不太想提，只是喃喃回答“是啊”。

我问他为什么在这里，他说以前来过这间驻唱茶店。

“我已经很久没来了……偶尔来这里一看，发现大楼空着，变得很冷清。我想进来缅怀一下过往……刚好听到你在唱歌……实在不好意思出去……结果就忍不住多嘴了。”

他神情寂寞地说，我拼命摇头。

“才不是多嘴呢，你真的帮忙我很多。”

因为我说得很诚恳，他稍微扬起了嘴角。

他那难以称为笑容的微笑看得我暗暗心惊。

这个人连笑容都如此寂寞……

“呃，我叫新田晴音，就读的学校是音大附中，今年高二。

过一阵子有个发表会，所以我正在练习。”

“是瓦格纳的《漂泊的荷兰人》吗？”

“好厉害！你知道啊？”

他露出难堪的眼神。

“……这点事情只要是喜欢音乐的人都知道……毕竟瓦格纳那么有名……”

是吗？

瓦格纳的《漂泊的荷兰人》的确常在电视上播放，不过应该很少人光是听到《纺纱合唱》就认得出是《漂泊的荷兰人》吧……还是说，这只能算是音乐老师的基本学识？

“手……可以请你放手吗？”

他有点愧疚又不太好意思地说。

“啊，对不起。”

我此时才发现自己一直紧抓他的外套，面红耳赤地赶紧放手。

真是的，我在干什么呀？

“我差不多该走了……”

他或许不太想长谈，低着头就要离去，但又犹豫地停步，跟昨天一样欲言又止地给了我几个关于德语发音和发声的建议。

“我真的要走了，发表会请好好加油。”

我突然一把抓住他的外套下摆。

他惊吓地转过头来，我也被自己的举动吓到，脸上越来越红。

“那、那个……呃，能不能请你听我唱歌呢？”

“咦……可、可是……”

他很惊慌。

“拜托你。如果我有什么缺点，或是有哪些地方改善一下会比较好，希望你能像刚才一样尽量指点我。”

“我没有那么厉害。”

“既然如此，你只要告诉我感想就好了。有听众的话，我也会唱得比较起劲。”

“可是……”

“你等一下有事要忙吗？”

“没有。”

他才说完就惊觉失言，露出了迷惘、后悔的表情。

那种眼神真的很寂寞，因此我更用力地抓紧他的外套。

“我郑重地拜托你！我依照你的指示改变唱法，真的感觉进步很多，唱起来也比以前愉快。所以我拜托你，再多陪我一下好吗？”

我的表情非常坚决，显示出我非得等他答应才肯放手。

他讶异地看着我，最后露出死心的眼神，线条优美的嘴唇泛起淡淡的笑容。

“如果只是听听……那好吧。”

“是的！这样就好了！谢谢你！”

我开心地一再点头。

从这一天开始，我在学校练习结束后都去地下室唱歌给

他听。

他说自己姓佐藤。

“你叫佐藤先生?”

“呃……嗯嗯。”

他回答的时候还不敢正眼看我，一看就知道是假名。

“那名字呢?”

我这么一问，他更慌张地回答:

“那、那是……秘密。”

既然要谎报名字就别说是佐藤嘛，说个更像样的名字不是比较好吗?我在心底如此吐槽，不过一想到他如此笨拙，心头却又紧揪起来。

我竟然觉得年纪大我这么多的大叔很稚嫩……真是诡异的心情。

他多半比我早到，躲躲藏藏地坐在角落的椅子上，出神地想事情。

或许是回忆起什么事，他常常痛苦地紧闭眼睛，双手在腿上紧紧交握。

看到他这模样，我都觉得心痛了。

过去究竟发生什么事?为什么他会这么痛苦?

好想问。

可是，我知道他很怕别人问他的私事，如果继续纠缠不休，我担心他会永远不再出现。所以，我只能藏起焦躁的心情。

“佐藤先生，你好。”

我开朗地叫着他给的假名，站上舞台。

“新田小姐，你好。”

佐藤先生的眼神稍微温和了一点，害羞地微笑。

光是这样，我就觉得很高兴，心里也温暖起来。

“今天也要请你听我唱歌。”

“好的，请唱吧。”

结束了扮家家酒似的害羞对话以后，我开始唱歌。

从前我都是对着想象中的满座宾客唱歌，但现在的我只想取悦唯一的那个人，只想让他开心，怀着悸动唱歌。

如果他表情平静地入迷听着，我就觉得好高兴，声音也会越来越有活力。要是他听到一半就难过地露出黯淡的眼神，我甚至会感到胸口郁闷，呼吸困难。

他听我唱完以后，总是客气地给我建议。

那些建议都很清晰易懂，也都切中要点，令我相当惊讶。

“佐藤先生一定是个很了不起的人！你连非常专门的知识都知道，解说也比学校老师教的好懂。我猜得没错吧？你就别再坚持，把真实身份告诉我吧。”

某天，我开玩笑似地这么说。

但他立刻板起脸，语气痛苦地回答：

“……随便说说罢了，都是从书上学来的。”

他撇开脸，垂着头紧握双手，好像很难受地浑身颤抖，我吓得赶紧道歉。

“对不起，我不会再问了。”

怎么办？我干吗那么多话。如果他以后不来了该怎么办啊？

我慌到脑袋一片空白。

临走之前，我死命央求：“佐藤先生，你明天也会来吧？我不会再问东问西，所以你明天也要来听我唱歌哟。”

他带着僵硬的笑容回答："好，我明天也会来。"

他真的会来吗？

隔天我一直感到惴惴不安，胸口煎熬刺痛，所以当我看见他一如往常地出现在地下室，悄悄坐在椅子上时，又是欣喜又是安慰，激动得流出眼泪。

"怎么了？"

"没有，没什么。今天也要麻烦你听我唱歌。"

我假装揉眼，偷偷擦掉眼泪，然后鞠躬开始唱歌。

他来了，他真的来等我。

我欣喜若狂，全身都在颤抖。

我尽情地歌唱，但是怎么唱都不过瘾，一直畅快地唱到他出言制止"还是稍微休息一下比较好"。

我激动难平地坐在他身边，酝酿一段时间之后才吐露我的想法。

"我将来想当个歌剧歌手。"

但是，他的脸上没有笑容。

"新田小姐的声音很棒，个性坦率，又很努力，说不定真的能实现梦想。"

他这么说。

"真能实现就好了。小时候，妈妈带我去看过歌剧，事前她一再嘱咐我要保持安静，只要稍微吵闹就会被赶出去……现在想想，那只是学生发表会之类的演出，不过布景很豪华，好像梦幻世界，所以我一下子就被迷住了。

"那天的戏码是希腊神话的奥菲欧，弹奏竖琴的奥菲欧前往冥界找寻死去的妻子。

饰演奥菲欧的歌手声音好棒喔！甜美得叫人心醉，但又好哀伤、好清澈。

那时我还很小，完全听不出技术好坏，可是听到奥菲欧的歌声，我就止不住眼泪……美丽的歌声传遍整个会场，我心想，我也好想像他那样唱歌。”

他点点头，表情温和又慈祥，但眼中又露出他惯有的忧伤阴影。

“可是我在家里大声唱歌，妈妈就会骂我‘会吵到邻居，别唱了’。”

我逗趣地说，然后噗哧一笑。

“我一直在想怎样才能尽情唱歌，所以后来加入合唱团。

“每天都能唱很久，真的好快乐，但我终究还是向往歌剧的舞台布景、服装、情节丰富的故事。合唱虽然好，但我更希望能站上歌剧舞台，所以就去报考音大附属高中，结果勉强合格了，却老是拿不到有名有姓的角色，每次都是当合音。

“啊！可是！即使是当合音，毕竟还是站上了歌剧舞台，所以我会拼尽全力！总有一天，我要站在舞台中央高唱咏叹调！”

他的脸上又出现慈爱的灿烂表情。即使他满脸胡子、披着长发，这表情还是令他显得很英俊。竟然觉得这么一个大叔“英俊”，我都觉得自己的眼睛有毛病……

“佐藤先生，如果你剃掉胡子一定很帅。”

我这么说，他貌似困扰地回答：

“我是娃娃脸，所以不太想剃，而且我也懒得剃。”

我很担心自己是不是又说了不该说的话，急忙换个话题。

“如果我成为歌剧歌手，还要再实现另一个梦想。”

“是什么呢？”

他温柔地问。

“我想见井上美羽。”

他睁大了眼睛。

“啊，你知道井上美羽吗？她是个作家，写过《仿若晴空》和《文学少女》。”

“……知道。”

他神情复杂地回答。

他是不是觉得我在胡说八道？从某个角度来看，这比夸口要当歌剧歌手更丢脸。我的脸颊顿时热了起来。

“我从很久以前就是美羽的书迷，她的故事好温馨、好柔和，读完以后心里都会变得纯净。”

他以悲伤的神情听我说话。这个话题不好吗？他讨厌井上美羽吗？还是因为跟不上我的话题，所以觉得难过？

“美羽从不公开露面，也不举办签名会，可是，只要我成为有名的歌剧歌手，或许就会有管道见她。嘿……嘿嘿嘿，是不是很像追星族？”

他的眼神越来越难过。

“不会……我认识的某个女性也是井上美羽的忠实书迷，她很喜欢《仿若晴空》，不知道读过多少次……”

认识的女性？是谁啊？是他的情人吗？

我突然感到不安，为了隐藏心情，我语气开朗地说：

“嗯，美羽有很多女性读者喔。她的出道作《仿若晴空》刚出版时，大家都猜美羽一定是女作家。

“我是从《文学少女》开始看美羽的作品，所以我最喜欢的就是《文学少女》，不过接下来出版的《天使堕落之声》也让我大受震撼，那本书的风格跟《文学少女》和《仿若晴空》完全不同，说的是男主角杀死情人的故事。虽然沉重，内心的部分却很清纯……主角明明是个杀人凶手，我却能理解他的心情，觉得他好可怜，好想为他做些什么……那本书厚得像电话簿，每页满满的都是字，也有人批评说这根本不是美羽的书，但我还是喜欢《天使堕落之声》。虽然故事很绝望，读完后仍然会有一种温馨的感觉。”

我朝他一望，突然大感震惊。

因为他的笑容好悲伤。

看起来简直是用笑容来隐藏痛苦。

又像是悲伤地追忆着已经远去的宝贵事物……

“对不起，都是我一个人在讲话。”

胸口好闷好痛，为什么这个人的微笑总是如此悲哀呢？

他静静地说：

“没关系，我没什么话好说，所以光是听着新田小姐说话就觉得舒服。”

真的吗？这是骗人的吧？他真的这样想？若是如此，为什么那么寂寞？为什么把手握得这么紧？

喊叫卡在喉咙里。

我伸手抓紧他的外套下摆。

“佐藤先生……如果你不想说，我不会勉强你说……可是，如果有一天……你愿意告诉我，我会很高兴的。”

他的手和肩膀微微一震。

或许我不该再多说，或许我正站在临界点上，但我还是想告诉他。

“因为，佐藤先生对我而言就跟天使一样。”

当我说出这句话的瞬间，他的表情变得更加悲凄，简直像是会立刻死去。接着他垂下眼帘，声音嘶哑飘忽地说：

“……我只是个罪人罢了。”

阴暗的声音让我的心中顿时冷却。

我松开了抓着他外套的手指，他低着头离开。

“明天你也会来吗？”

我一问，他便回过头来，露出深染忧郁的温柔眼神回答：

“……会的。”

他说罪人是什么意思？

隔天我在学校上课的时候，满脑子依然是他说的话、他的表情，还有那双紧紧交握的手。

第一次见面时，我还以为他是个流浪汉。

但是我现在很清楚，他是个有教养的人，个性稳重又温柔。这样的人为什么会穿得如此落魄，离群索居地过活？

要是我再多问，他以后一定不会再来听我唱歌。

可是，想更了解他的念头仍然一天强过一天。

他简直就像漂泊的荷兰人。

那位荷兰船长傲慢地挑战神、对神不敬，因而受到诅咒，永远都得在海上漂泊。

经过漫长无比的岁月，他仍求死不能，只得继续漂泊下去。

他每七年会有一段短暂时间可以上陆。如果能遇到誓言永远爱他的女子，他就能得到解脱。

可是，愿意为他付出一切的女性却一直没出现。

每过七年，他就会满怀希望地上岸，然后又绝望地回到海上。

这种痛苦将会持续到所有生物死绝，直到最后审判之日。

地下室的他会不会也受困于类似这种诅咒的事物？一想到这点，我就心痛难忍。

如果有个像珊塔那样全心爱他的少女，能不能令他得救呢？

转着纺车的少女们之间，只有珊塔一人凝视着墙上画像之中眼神黯淡的男性。

那时珊塔的心里在想什么？

有个神似那幅肖像画的男性突然出现在她面前，她会多么震撼呢？

放学后我去了礼堂，发现其他人都还没来。

我想象着珊塔的心情高歌。

偶然梦见之人，此刻正在眼前，
苦涩之情烧灼心胸。

啊啊，这个祈愿该如何称呼？

你由衷向往的救赎。

可怜的人儿呀，请牵着我的手。

我好想拯救怀着绝望、永恒漂泊的孤单荷兰人。

珊塔见到他的瞬间，心里想必再也装不下任何一件事。

对珊塔来说，他的痛苦就等于她的痛苦。

无论你是何人，

无论残酷命运带给你多么巨大的毁灭，

无论我该背负的命运是多么可怕。

诅咒越是难以解除，珊塔的心越是受到他的吸引，毫无招架的余地。

珊塔对荷兰人的怜惜，呼应着我渴望更了解地下室那个人的心情，胸口痛得几乎裂开。

这时后方传来掌声，令我惊讶地回头。

面带笑容鼓掌的，是受邀演出发表会的进藤先生。他是个拥有浑厚诱人低音的职业歌剧歌手。

我、我刚刚唱的歌……被他听到了吗？

讨厌，丢死人了！我只不过是个唱合音的，竟然被人听到我在唱珊塔的歌！

进藤先生以低沉的嗓音说：

“你表现出了珊塔的专情，感觉很淳朴、很棒，声音也放得开。我可以问你的名字吗？”

“我、我是声乐科二年级的新田晴音。”

“喔喔，我会记住的。以后也要好好加油。”

“是的，谢谢您！”

我极度紧张地向他敬礼。

其他人陆续来了，进藤先生也向老师走去，而我还是发呆好一阵子。

职业歌剧歌手夸奖我耶！

好开心！欣喜之情源源涌出。

如果在练习之中继续傻笑可就糟了。

黄昏时分。

在地下室里，我急着向他报告这件事。

“这都是多亏了佐藤先生！谢谢！”

他的笑容不像过去那样寂寞，而是真心感到高兴地咧开嘴角。

“不，这是新田小姐的实力。”

“没有啦，都是由于佐藤先生的指教。因为我唱珊塔的歌时，心里想着佐……”

“嗯？”

“没、没什么！”

那句“想着你而唱歌”简直就像示爱，我怎么好意思说啊！

他心平气和地朝着脸颊发烫转向一旁的我说：

“太好了。如果进藤先生觉得你的歌声很美，说不定哪一天会有幸福降临呢。”

“嘿嘿，真是这样就好了。”

我这个时候完全想不到，他的“预言”不到一周便实现。

◇ ◇ ◇

“咦！我演珊塔？”

老师找我过去，问我愿不愿意在发表会上担任珊塔一角时，我还以为是开玩笑。

不过老师面色凝重地告诉我，原本要演出珊塔的相川同学为了治疗喉咙，无法参加发表会。

老师也说，饰演荷兰人的进藤先生大力推荐我。

这、这不是假的吧？

我还是不敢相信，几乎想捏自己的脸颊确认一下。

不，就算是假的也好。

如果能当片刻的珊塔，就算是假的也好。

“我、我愿意！请让我演出这个角色！”

我前倾身体大叫。

“佐藤先生！我要递补演出珊塔了！”

练习结束后，我如同往常冲去地下室，抱住了他。

他讶异得浑身僵硬，不过一听到我说这个好消息，立刻露出灿烂的笑容。

“恭喜你，新田小姐。”

“谢谢！真的都是拜佐藤先生所赐！”

他被我抱得有点慌，因此我也害羞地笑着放开双手。蜂蜜般甜美的喜悦不断上涌。

公布递补演员名单时，有人故意在我面前说“为什么是新田同学”、“难不成新田同学动用了什么关系”、“她又没有门路，大概是巴结来的吧”之类的闲言闲语。

大家为了争取角色都拼尽全力。

我很明白这种感受，所以没有把这些话放在心上，而是一笑置之。只要我在舞台上唱出完美的歌声，她们自然不会再多说。

今天绝对是我有生以来最光荣的一天！我的梦想终于实现了！

“我会尽力表现！我也会送门票给你，所以正式演出时你要来看喔。”

他的表情有些为难，我抓紧他的双手。

“拜托你嘛，这是我毕生的请求，如果你不来看，那就没有意义了。”

他有点踌躇地回答：“我明白了，我会去的。”

“说定啰！”

我再次强调，他总算稍微露出笑容，用慈爱又悲伤的眼神凝视着我。

“……好的，我会带花束过去。”

“太棒了！”

我又抱住他。

“新、新田小姐……女高中生随便抱我这样一个糟老头，似乎不太好。”

“嘿嘿，不好意思。”

我从他的身上退开。

“不过，是佐藤先生我才肯抱哟。要是换成其他大叔，我才不做这种事呢。”

我感觉现在的自己好像能够实现任何愿望，面带笑容地这么说。

可是，他却露出无助的表情撇开视线。

胸口好疼。

至少今天多给我一点优待嘛……难道他真的这么疲于应付我吗……

“啊，真的不行吗？是不是会惹女朋友生气？”

我故作开朗地问。

如果他说没有女朋友，我打算用开玩笑的语气说出“那我能不能当你的女友候补”。可是，看到他的表情冻结，我顿时明白这是个错误的战略，就像是用利刃刺进他的伤口。

那凄绝的表情仿佛冻住了难以痊愈的伤痛和绝望……

睁大的双眼无比黯淡，不见一丝光辉。

这瞬间，他的眼中好像看不见我。

他是不是想起过去的悲伤回忆？那苦恼太过沉重，至今仍会使他窒息。

“……我已经……没有女朋友了。”

他握紧双手，用力到几乎捏断手指，如死前呢喃般阴暗低沉的声音断断续续地说。

这想必是他的极限。

“对不起……我得走了。”

他脸孔扭曲，咬紧牙关，走出地下室。

因为他表现出的冲击太大，我根本不敢开口挽留他。

可是，当他外套翻飞的身影消失在门后，我感到全身冰凉，不安的情绪刺痛胸口，忍不住追出去。

外面已是黑夜。

褪色外套在建筑物后和人群之中若隐若现，我死命地追着不放。

我很担心他，觉得不能放着那么痛苦的他独自一人，可是“想要更了解他”的想法也越来越压抑不了。

我已经答应过，不会再追问他的私事。

我也决定要等他自己告诉我。

可是，再这么下去，说不定他哪天会默默地不告而别……

这样一来，我就再也见不到他了。

走出市区以后，景色越来越荒凉。

我或许已经走了三站的距离，最后来到一间墙壁满是裂痕的公寓。

他走进去，打开满墙信箱的其中一个，取出广告单，继续往里走。

我站在围墙旁边看着。

过了一阵子，我紧张到听得见自己高亢的心跳声，但仍压低声息，蹑手蹑脚地走过去。

扑通扑通……心脏跳得好大声。

我意识到自己正在做不该做的事。

还是快停止吧，会受到惩罚的。我心底的声音也在劝告自己。

即使如此，我仍像受到拉扯似地走向那排信箱。

他刚刚打开的是这一个。上面夹着一张纸，手写着”二〇一号房”。

他在这里住了多久呢？纸上的圆珠笔字迹都褪色了。

房号旁边还写了英文字母，我一字一字地读着。

“MA……RI……YA……”

MARIYA？这是他的名字？

长期收纳在记忆深处、未曾想起的场景，突然浮现在我的脑海里，如同一道闪电划破黑暗。

小学时代的我坐在自己家的客厅，眼睛发亮地翻着这天去看歌剧拿回来的场刊。

“妈妈，演奥菲欧的人好厉害喔！他的声音好高，好美喔！我也想那样唱歌。”

场刊上写了演员名单。

演奥菲欧的人名字太难，年幼的我不会念。

“妈妈，这个要怎么念？”

“要念 MARIYA。”

“玛利亚！哇！跟圣母玛利亚一样耶！”

我一直把那个人的名字当成玛利亚。

那是个圣洁的名字，很符合声音甜美清澈的奥菲欧。

不过，我弄错了。

那个人的名字不叫玛利亚。

球谷敬一（Mariya Keiichi）。

对，这才是奥菲欧……是我称为佐藤先生的人真正的名字！

就是那位年轻俊美，弹奏竖琴的奥菲欧！

他果然唱过声乐！他也是个歌手，而且歌声是那么动人……

开门声传来，我吓得拔腿就跑。

冷汗不停冒出，身体冷得好像快要感冒。

他曾经是在舞台上担任主角的歌手。

但是，他为什么要隐瞒这件事？为什么不再唱歌？

现在他的声音既低沉又沙哑。

他曾经劝过我，我的唱歌方法不好，会损害嗓子。

这是因为他自己的嗓子坏了，不得不放弃唱歌？还是因为其他理由？

搭电车回家的途中，我还是止不住身上的寒意。

回家以后我连招呼都不打一声，直接走进爸爸的房间，打开计算机。

我搜寻球谷敬一这个名字之后，资料陆续跑出来。

包括他在幼年时代以天使般的清澈歌声屡次获得国外比赛的大奖。

被誉为天才。

荣耀的纪录。

以及杀人案件……

我变得面无血色。

抓着鼠标的手，还有双脚都在颤抖。

杀人？

我不安得像是胃里有只手在搔抓，又继续搜寻更详细的资料。

——球谷敬一杀害了当时跟他交往的女高中生。

我的喉咙哽塞，屏住呼吸。

头里闪过一阵剧痛，我想起痛苦低着头的他。

“……我只是个罪人罢了。”

头痛得几乎裂开。

他杀死自己的情人，简直就像井上美羽写的小说。

对心爱之人下了毒手！

隔天，我唱得乱七八糟。

我在发表会的练习中一直发呆，被老师狠狠地训了一顿。

“快要正式演出了，各方面都必须好好注意，包括健康管理。”

其他演出的同学也在窃窃私语。

“一下子就露出马脚呢。”

“是不是压力太大，吓到发抖啦？就算别人没对她做什么，她恐怕也会砸到自己的脚吧。”

不过，这些闲话全都进不了我的心。

我满脑子想的都是昨天在网络上搜寻到的事，心脏痛如刀割。

练习结束后，我如同往常般去到地下室。

“……新田小姐？”

或许是看到我的脸色发青，他的眉头皱了起来。

“学校发生了什么事吗？”

他很担心我。

心里和身体都好痛。

我颤抖地说：

“佐藤先生……你是球谷敬一吧？”

他的脸上显出震惊。

双眼睁大，脸颊痉挛，嘴唇发抖，然后痛苦地喘息。

他没问我为什么知道他的本名，也没责备我。

在凝重的室内，他像背负着滔天大罪的囚犯般凝视着我，用嘶哑的声音说：

“……那你应该知道我犯下的罪，也知道我不是天使了。”

我不知道该怎么回答。

有好多话在脑中打转，但我一句都说不出来。

我明明很想说，不管他是谁，不管他犯下怎样的罪都无所谓。

他脸上的哀痛和绝望是如此深沉、激烈，令我的喉咙冻结。

我总觉得无论说出什么话，都只会带给他更深的伤害。

而且，是我背叛了他。

我尾随他，看到他的名字，挖出他的秘密。

我做出这种事，哪里还有资格安慰他？

那双手紧紧交握，我无法将其解开，也不能使之温暖。

他表情伤痛地转身，连一句再见都不说就离开。

我无法伸手出去，只能呆呆站在原地。

非得追去不可。

再也见不到他了，非得追去不可！

但是，我的脚还是动弹不得。

喉咙好痛，痛得几乎要裂开。

我死命挤出声音大喊：

“对不起！可是我不认为你是罪人，你是个天使！所以明天也请过来！请来听我唱歌！”

冰冷的空气贴在肌肤上。

炽热的感觉塞住喉咙，我终于喘得过气。

“求求你……原谅我！”

我不知道他究竟有没有听见这句话。

从隔天开始，他不再来地下室。

我去他的公寓，看见信箱上的名牌已经拿掉，房门上贴着水利局的通知。

他的踪迹完全从我的面前消失。

秋天结束，大楼上方开始飘雪时，我还是没有他的音讯。

我仿佛要掩埋见不到他的悲伤，拼命投入发表会的练习。

说不定他会来参观演出，因为他答应过要送花束给我。

分明是我自己先破坏约定，但我还抱着这种希望，实在太厚脸皮，也太愚蠢了。我明知这一点，仍然怀抱着微薄的希望。

每天每天，我都回想着他教过我的事而唱歌。

其他演出者的闲话还是持续不断，有时上完体育课制服就不见了，要不然就是乐谱被撕破，经常遭人恶作剧。

我没把这些事告诉别人，只是专注地唱歌。

珊塔对漂泊荷兰人的思念之情，变成我对他的思念之情。

喔喔，他如箭矢般地离去，
毫无目标地不断奔驰。
只愿遇上为他奉献生命的少女。

苍白的波浪也无法给予更佳的救赎。

啊啊，苍白的船长呀，何时才能找到此人。

珊塔希望能拯救背负着永恒罪孽而漂泊海上的孤独船长。

我也希望能让他心里的负担稍微减轻。

看他忏悔地紧握双手、低头颤抖，我好想松开他的手，将我的手轻轻叠上去。

如果他还愿意听我唱歌……

我希望把自己的心情寄托于珊塔的心情，传达给他。

发表会当天，会场大厅被观众挤得水泄不通。

他会不会来呢?

我不知道，可是我相信他一定在这个会场的某处。

希望我的歌声能传达给他。

布幕缓缓拉开。

我开始唱歌。

唱出珊塔对画里不幸荷兰人的款款深情。

唱出她无法自拔的感情，以及期盼自己就是拯救他的少女，期盼到心痛的愿望。

接着，梦中之人在现实世界现身。

珊塔奋不顾身地坠入情网。

现在映入眼中的可是幻影?

若我从前活在虚假的世界，

今天可是清醒之日?

愁容满面站在我眼前之人

无比的悲伤对我款款细诉。

心底涌出的同情可是我的自欺？

挑战了神、犯下重罪的流浪者在绝望的深渊渴求救赎。

对他伸出拯救之手的若是自己该有多好。

怀着真心解救罪人的人，如果那人就是我该有多好。

珊塔的心情塞满我的胸中，化为歌声，充斥于漆黑的昏暗。

在遇见他之前，我只会用力大声唱歌，如今却能唱得柔和、丰富，包含着想要传达出去、想要送达他心中的祈愿。

这全都是他教给我的。

遇到他之后，我才学会这一切。

也学会了痛苦、悲伤……还有深深爱着一个人，深爱到浑身颤抖的心情。

受到强大魔力的驱使，
我满心都是拯救他的念头。
愿此人在这里找到故乡，
船只也能在这个港中安心休息。

佐藤先生，我的声音如今传进了你的耳中吗？

你真的给了我好多东西。

所以我也希望，这首歌能多少减轻你的痛苦。

希望能在你的心中点亮一盏希望的灯火。

在我体内剧烈挣扎的是什么？

栖息在我胸中的是什么？

神啊，既然我的心情如此激昂，

请赐给我同等真诚的力量吧。

我们相识的时间虽然短暂，我却能清楚想起他的动作和表情。

想起他紧握双手，像是害羞又像困扰的表情。

当我抱住他时，他那讶异的表情。

当我唱得很好或是报告好消息的时候，他稍微扬起嘴角而笑的表情。

还有寂寞的眼神、痛苦的侧脸、抚过额头的指尖，我全都记得。

每次想起，我就觉得胸口好痛好难受，同时感到一阵暖意。

令我永生难忘。

神啊，请赐给那个人光芒吧。

请为那个温柔脆弱的人降下少许幸福吧。

他即使犯下重罪，也已失去一切，如今仍在独自受苦。

可是，荷兰人怀疑珊塔的真心。

荷兰人看见仰慕珊塔的猎人艾瑞克和她在一起，因此向她告别，独自回到船上。

珊塔呼喊解释，荷兰人却没听进去。

他必定绝望至极，已经不再相信任何救赎，连心都冻结。

就像那个人从我的面前离去……

或许那个人已经不想寻求解脱。

或许他已决心承受永远背负罪孽的命运。

所以每次我向他示好，他都一脸为难地转开视线。

即使如此，我还是想救他。

无论在多么深沉的黑暗中仍会传进清澈嘹亮的歌声，仍会有光芒照耀进来，季节和人都是会改变的……我想把这些事传达给他。

珊塔为了向所爱之人表明真心，从礁岩一跃而下。

赞美你的天使，以及他的指示吧。

顺从神旨，即使是舍弃生命，我也要对你献上真心。

海面伴随着轰然巨响高高溅起水花。

永远不沉的荷兰人船只渐渐消失在汹涌波浪之间。

接着，相拥的珊塔和荷兰人笼罩在光芒中，从海里缓缓浮现。

两人站立的台子扶摇直上。

珊塔赌上生命证明自己矢志不渝的真心，拯救了漂泊荷兰人的灵魂。

大厅里充满掌声。

观众纷纷起立，掌声不断。

我仍呆在原地，仿佛身在梦中。

身上的热度残留不去。

我也不记得自己后来是如何走到舞台中央敬礼，不记得老师和其他人对我说了什么，也不记得双手何时捧满花束。

一切都朦朦胧胧的，我只顾着在观众之中搜寻他的身影。

回到准备室后，我抱着一大堆花束继续发呆，这时有个学妹拿了一束花进来。

“这束花是观众拿来的，说要交给新田学姐。”

我接过蓝色蔷薇，顿时一惊。

花束里面连张卡片都没有，不知道是谁送的。

“是怎样的人拿来的？”

“呃……是一个穿着旧外套的叔叔。”

我知道他遵守了约定。

他来看我表演，来听我唱歌了。

我的喉咙颤抖、胸口震动，低头紧抱着那花束。

我的声音是否传进他的耳里？

台上的珊塔救了所爱之人，但在现实世界，他却去了我不知道的地方。

可是，如果我的歌声能在他心中点亮些微的希望灯火，或许有朝一日能再相遇。

对，就算要等七年，或许再多七年……

如果能再相见……

真能再见的话，这次我一定要……

我回家以后查了蓝色蔷薇的花语。

那是“无法实现之事”、“不可能的事”，还有“奇迹”和“神的祝福”。

所以，我相信奇迹。

我相信神会赐下祝福，相信总有一天能再见到那位漂泊的天使。

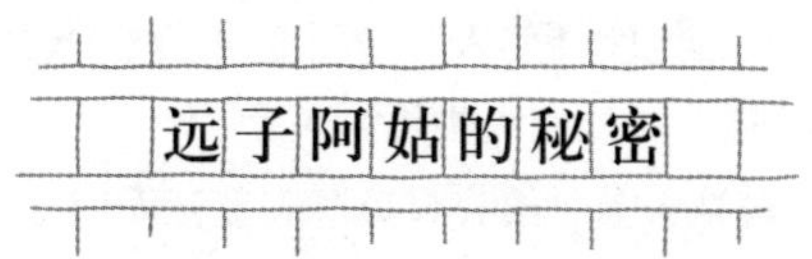

远子阿姑的秘密

"呀！好可爱！好像小时候的流人喔！"

远子姐看到麻贵怀里的悠人，眼睛都亮起来。

为了来见三天前出世的侄子，远子姐先搭电车再换渡轮，花了一整天从北海道的住处返乡。

"对吧对吧？跟我像是同一个模子印出来的男子汉呢。"

我从不知道，听到别人夸奖自己的儿子会是这么开心的事。

麻贵见我笑容满面的模样，立刻泼了冷水。

"喔？是这样吗？我倒觉得他长得比某个一无是处的废物更有气质呢。对吧，悠人？你不会像父亲一样变成一个脚踏三四条船的浪荡子吧？"

"不要跟婴儿说这种话啦！还有，不要叫父亲，要叫爹地！我要悠人叫我爹地。好不好啊，悠人？"

"不要吧，叫爹地听起来好蠢。悠人要叫父亲、母亲才行。"

她从医院床上抱起悠人转过身去，好像要远离我似的。

"你一直独占悠人，太狡猾了，也让我抱一下嘛。"

"呵呵，这是母亲的特权。"

麻贵把脸贴向悠人柔嫩的粉红色脸颊，很骄傲、很幸福地微笑。比男人还强悍的麻贵会有这么柔和的母性表情，令我不禁看呆。悠人才出生不到三天，那个骄傲的公主殿下已经摆出一副母亲的态度，真叫人吃惊。

话说回来，我也不会因此让她擅自帮悠人决定什么事。

不过呢，比起她刚怀悠人时冷冷地说“这不是你的孩子，是我的孩子”，我还宁可让悠人叫我父亲。

我还曾经对她大喊“给我打掉”呢。三天前，我得知孩子出生的消息时，也不敢来医院。

但看到刚出生的悠人和其他婴儿一起躺在育婴室时，我的心里真是感动极了。

我贴在玻璃上盯着悠人时，他突然睁开眼睛，对着我笑。

虽然麻贵嘲弄我，说我神经过敏，不过我深信悠人一定知道我是他老爸，所以对我打暗号。听说婴儿都有这种直觉。

总之，我已经完全爱上这个孩子。

我连续几天都逃课来医院。

“你又来啦？”

虽然麻贵摆出一脸的厌烦，但我毫不在意，只顾着努力教悠人叫我“爹地”。

“我可是坚持维护老爸的特权喔。远子姐，你也觉得叫‘爹地’比较帅，很有美国家庭剧的感觉吧？”

“远子，叫‘父亲’比较正统吧？”

“呃，这个嘛……”

在我们两人的逼问下，远子姐显得很慌张。

“我觉得叫爸爸、妈妈最好，最简单。”

她僵硬地笑着说。

“爸爸？”我问。

“妈妈？”麻贵也跟着问。

远子姐啪地拍手一下，神情陶醉地回答：

“对，爸爸和妈妈！这样最亲近了，很棒啊。小孩还是叫爸爸、妈妈最适合。”

我和麻贵被她那神采飞扬的脸色搞得战意全消，同时叹一口气。

远子姐欣喜地朝麻贵伸出手。

“也让我抱抱悠人吧。”

“好好，让远子阿姑抱一下哟！”

“阿、阿姑？”

远子姐顿时僵住。

“是啊，你是悠人的姑姑嘛。”

“说、说是这样说啦，可是我才十八岁，还是个青春洋溢的女大学生……”

她垂下眉梢，很哀伤地嘟哝着。

被人家叫姑姑，心情多半会很复杂吧。

“呜……流人，你这样不行啦，都是你没做好家庭计划，高二就当上爸爸，害我也得跟着当姑姑。”

“呃，你这样说我也没办法啊……抱歉啦。”

“哎呀，阿姑叫起来不是很可爱吗？就让悠人叫你‘阿姑’嘛。悠人，你看，是远子阿姑喔！那个有辫子和洗衣板的人就是远子阿姑。”

“不要提洗衣板啦！”

麻贵好像觉得远子姐鼓着脸颊反驳的样子很有趣，不断“阿姑、阿姑”地叫她。

远子姐进了北海道的大学，不能再像过去那样经常见面，所以麻贵抓紧时机，尽情地戏弄她。

麻贵怀孕时，曾在学校画室里仰望远子姐的画像，喃喃说着：

“远子……现在过得怎样呢？也不联络一下，真是太薄情了。”

那时她的表情非常寂寞，现在眼神却闪闪发亮，活力十足。

“哎呀！悠人要被麻贵这种妈妈养大，将来还真令人操心。唉，这么纯洁可爱的天使，如果变成跟麻贵一样喜欢脱人衣服的变态该怎么办呢？”

远子姐正在兴叹，有个很像远子姐的苗条美女犹豫不决地走进病房。

那是我的母亲，她从工作场所直接过来。

“叶子阿姨！”

远子姐开心地跑过去。

母亲不太自然地回答：“精神很好嘛。”

她的声音和脸色都很冷淡，不过这都是因为害羞。

母亲现在和远子姐说话还会紧张，语气也很死硬，不过，她们两人的距离仍然渐渐地缩短。

今天也是因为远子姐返乡，她才会提前交稿赶过来。

我满怀温馨地看着她们两人慎重缓慢交谈的模样。

“叶子阿姨，告诉你哟，麻贵真是坏心，竟然要悠人叫我‘阿姑’呢。这对十几岁的少女来说太过分啦！叶子阿姨也这么觉得吧？啊！可是……我对叶子阿姨也一直叫‘阿姨’……”

见远子姐慌了手脚，母亲冷冷回答：

“叫叶子小姐不是更怪吗？我没必要现在才开始介意这种事。”

远子姐一听便露出笑容。

“太好了。”

母亲的嘴角也稍微拉开。

可是，在我和远子姐还小的时候，母亲每次听到远子姐叫她“叶子阿姨”就厌恶地扭曲脸孔，结衣阿姨还劝过她“小叶太不成熟”……

这时，我惊觉到一件事，不由得浑身战栗。

那么，悠人该怎么叫我的母亲？

母亲是悠人的祖母……所以应该叫奶……不，这太糟糕了！她大概……不，绝对会生气，一定很不舒服。母亲还很年轻，外表看不出实际年龄，更不像是会有孙子的年纪……

可是叫“叶子小姐”也太见外了。我小时候也是因为她吩咐我不能叫她“母亲”，要叫“叶子小姐”，因而造成很大的心理创伤。

当时我因母亲不肯承认我是她的孩子，受到极大打击，不过或许真的像结衣阿姨说的一样，母亲太不成熟，她可能只是不想被称呼为“母亲”或“阿姨”。

照这样看来，叫她“奶奶”或是“婆婆”实在很不妙。

我正在烦恼时，麻贵把悠人抱给母亲看，一边说……

“悠人，跟叶子阿婆打招呼啊。”

空气瞬间冻结。

我和远子姐都战战兢兢地看着母亲。

母亲的脸颊绷得很紧，嘴角隐约抽动，眼神冷得像冰。

“我、我我我也被叫做阿姑呢，这样刚刚好啊！叶子阿姨！”

“就是啊！阿姨和阿婆只有一个字不同，都差不多啦！”

“像叶子阿姨这样年轻漂亮的阿……感觉对比更大，更有魅力呢！”

“是啊！悠人一定也会很骄傲的！”

“呃……看起来根本是母子，一定会让人大吃一惊！”

我和远子姐都拼命打圆场。不过麻贵却一副没事人的样子，说道：“就是啊，一定有人觉得看不出来你是悠人的**阿婆**。即使在远方大叫**阿婆**，周围的人也一定不知道是在叫谁。悠人，要记住，这位是你的阿姑，那位是你的阿婆喔。阿姑和阿婆念起来有点像，但两个是不一样的哟。”

她一再讲出危险的词汇，我不禁怀疑她是故意的。

接着她粲然一笑，好像突然发现似地说：“哎呀？叶子小姐，你的表情有点僵硬呢，是不是讨厌阿婆这种称呼？”

是故意的，她绝对是故意的。

我和远子姐都呆住了。

母亲的肩膀微微颤动，然后，她语调冷静（但是嘴角僵住，脸颊抽搐，眼神也很吓人）地说：“没什么关系，爱叫就叫吧，我的确是那孩子的祖母。”

事情过后的隔天。

我又去了医院，但没看见麻贵，只见远子姐坐在床边抱着悠人。

她一脸柔和地凝视像天使般沉沉睡熟的悠人，把嘴唇贴在他粉红色的小耳朵上，不知在说什么悄悄话。

我竖起耳朵，听到细微的声音。

“远子姐姐、远子姐姐……”

我差点噗哧一声笑出来，急忙捂住嘴巴。

同时也涌起一股怀念之情。

“小流。”

“远子姐姐。”

小时候，我们都这么互相称呼。

在阳光晒得暖洋洋的客厅，结衣阿姨愉快地做家事时，远子姐都会读书给我听。

摇摇摆摆的辫子，圆滚滚的眼睛。

结衣阿姨一叫“吃点心啰”，我们就高兴地爬起来，啪哒啪哒地跑过去。

想起这些光景，我的心头紧紧揪起。

远子姐还在轻声说着“远子姐姐、远子姐姐”。

我闭上眼睛，满怀甜蜜地听着她的声音。

“小流，我等一下读书给你听，所以我偷吃爸爸书房里的书这件事要保密喔。”

“嗯，远子姐姐。”

迷途的小鹿和说谎的人偶

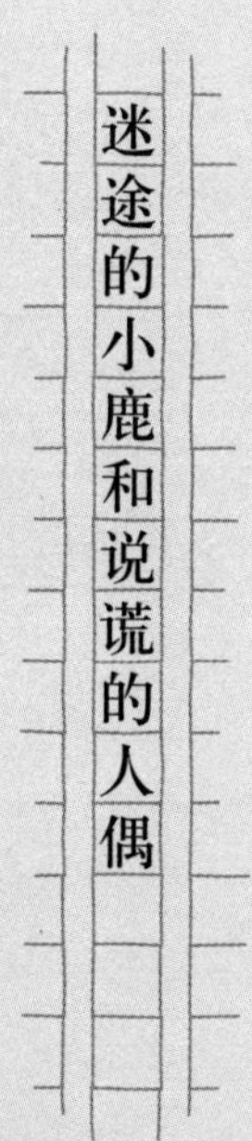

讨厌的东西。
学校。
幼稚的同学。
啰嗦的大人。

满脸笑容的骗子。

“小仔鹿，等一下啊，小仔鹿。”
低跟凉鞋发出喀哒喀哒的声音，级任导师竹田追了上来。
“小仔鹿呀！”
毫无紧张感，像卡通人物般的悠哉声音。
“喂，小仔鹿——”
温热柔软的手抓住我裸露的上臂。
哇，好不舒服。
我挥开那只手，瞪着她说：
“吵死人了，不要在走廊上随便喊我的名字！”

"可是小仔鹿越走越远了嘛。"

那不带恶意的表情嘿嘿笑着。她圆鼓鼓的脸颊、披在肩上的蓬松头发、像小狗般的圆眼睛，都让我很火大。

这种人也能当老师，还比我大十岁，真不敢相信！要是她换上制服，看起来根本是初中生嘛！

我焦躁不耐地说：

"干什么？课已经上完，应该没事了吧？"

"哎！小仔鹿果然忘了！今天放学后美化委员要开会喔。上周我也提醒过你一定要出席呢。"

"你追来就是为了这种无聊的事？我不记得答应过要出席啊。"

"不行啦。仔鹿里佳是二年C班的美化委员哟。"

"那是你擅自决定的啦！"

"因为小仔鹿在委员选举的时候跷掉班会课嘛！还是说你觉得健康委员或午餐委员比较好？可是你想嘛，老师也是美化委员的顾问，这样就可以一起做事啦！小仔鹿老是不来学校，一放学立刻走掉，我们很少有机会讲话，如果早上能一边捡垃圾一边聊天，一定很愉快吧！"

看到她一脸的傻笑更让我生气，难道她还没发现我已经不耐地皱起脸孔还猛抖着脚吗？

"一点都不愉快！还有，别再叫我'小仔鹿'，真恶心。"

"咦？我觉得这个名字很可爱啊！那我就叫你的名字'小里佳'吧！"

"我都说了不要加上'小'啦！"

我在走廊上大吼，其他学生都猛然回头。

竹田却仍不明所以地呆呆说着：

“可是我是小仔鹿的老师呀！”

“法律规定老师叫学生都要加个‘小’字吗？”

“没有呀，只有我这样叫。”

她若无其事地回答。

从旁经过的学生挥着手说：“小千，拜拜！”

竹田听了也满脸笑容地直挥手说：“啊，小弘香，明天见！”

唉，没救了。

我跟这家伙在本质上就合不来。我们属于不同次元，连语言都不通。

她让学生叫她“小千”、让学生跟她没大没小地讲话、嬉皮笑脸的模样、像朋友一样用昵称叫学生的态度，我全都看不顺眼。我忍不住在心底痛骂：“别搞错了，去死吧，笨蛋！”

装什么“像朋友一样的老师”嘛，有够假的，讨厌死了。

我不发一语地转身跑走。

“小仔鹿！委员会呀！”

竹田慌张地叫着追来，但是追不上我。转眼之间，我已经跑出校舍，最后朝着校门扮了个鬼脸。

哼，初二女生才没时间跟讨厌的老师纠缠咧！

我从初一快过完的时候开始逃课。

从入学以来，我一直觉得哪里不太对劲，跟周遭的人格格不入。

虽然我以前读的是离家很近的公立小学，初中却是颇有名气的私立女校。当初我为了父母的面子去考试，还真没想过会考上。或许是因我从来没挤进过合格范围内，我以为铁定落榜就掉以轻心，才会落到这种下场。

父母欣喜若狂地说“里佳只要肯努力还是做得到嘛”，我说不想去读那种沉闷的私立女校，他们却听不进去。

如我所料，这里的老师和学生都很优雅纯洁、一派温和，却又有点冷漠，跟我的调性差很多，完全合不来。即使共处一室，我始终无法融入他们，突兀地显出另一种色彩。

我一直抗拒融入这个讨厌的环境，又因只有自己被排除在外而觉得不舒服。

跟不上课业令我很苦恼，此外也交不到朋友，所以我在休息时间总是一个人闲着没事做。

有时真觉得呼吸困难，好想“哇”地大叫。

那些过得无忧无虑的同学也很惹人厌，我究竟还得在这里待到什么时候……

塞满胸中的焦躁像气球一样渐渐膨胀，几乎快要爆炸。

因此，我开始逃课。

刚开始我还不知道该去哪里，走在街上也一直担心会不会被少年辅导队抓到，吓得要死。如今升上初二，到了改穿夏季制服的季节，我只要离开学校，走在闹区人潮之中，就觉得身体好轻盈，想要大吸一口混杂着车辆废气的初夏空气。身体沐浴在掺杂了好东西和坏东西的阳光中，好像手脚都能舒适伸展，感觉非常自由。

而且，我也交到了朋友。

“环姐、美弥姐、吉仓哥，你们好！”

“咦？里佳，你来得真慢。”

“被老师拉住啦，她竟然叫我参加美化委员的会议，真不敢相信。”

这些人自然而然地聚集在闹区巷子里，譬如小店聚集的地方，或是营业前的驻唱酒吧门口。

他们多半是高中生和打工族，初中生只有我一个，但他们并不把我当做小孩，而是平等地看待我。

他们不像我班上的女生那样表面上笑得很亲切，却在背地里说我的坏话：“仔鹿同学好像很爱玩，她的头发也有染过吧？”、“她的指甲和嘴唇弄得一点都不像初中生，态度又冷淡，我实在不懂要怎么跟她相处。”

他们如果不爽，就会在我面前明确地说出来。不高兴的时候不会虚伪地笑，说话也是心口如一。

“什么玩意儿？美化委员？真搞笑！”

“一大早就得去车站前捡垃圾，像是义工吧。有够麻烦。”

“啊哈哈哈，里佳当了义工吗？”

“开玩笑，我绝对不干。”

“就是嘛，当义工又没钱赚。”

“里佳的学校真怪，好好笑喔。”

“为什么你要当美化委员啊？”

“都是老师随便决定的啦。她是个年轻女人，老是用甜腻的声音喊我‘小仔鹿’，好想叫她去死。”

“哇！真恶心。”

“就是有这种爱装熟的老师。”

“外表装得很友善，可是，只要学生不照自己的意思去做就会生气，碰到麻烦还会装傻，摆出事不关己的态度。”

“对嘛对嘛。”

“说不定你那老师是蕾丝边，觉得你很可爱就盯上你了。”

“恶，别说了，我都起鸡皮疙瘩啦！”

“里佳，如果放学后被叫到学生指导室可要小心喔。”

大家兴高采烈地闲扯淡。

讨厌的学校、同学、老师，在这里都能笑着抛开。

“里佳，这瓶指甲油很适合你哟，我来帮你擦。”

“喔？谢谢！”

这群人之中最漂亮、最成熟的环姐拉起我的手指，用沾了去光水的化妆棉仔细擦掉原来的颜色，再涂上她建议的珍珠粉红色。

环姐的目标是成为化妆师，她经常给我关于化妆或基础化妆品的建议，还会把不用的唇膏和指甲油送给我，说“这个很适合里佳喔”，是我很崇拜的人。

“里佳，再多让我玩一下吧。”

环姐说完就拿眼影和睫毛膏在我眼边轻轻涂抹，又帮我重新涂上唇膏，那是草莓颜色的可爱唇膏。

“嗯，很适合喔。”

“初中生的皮肤果然很光滑，连粉底都用不着呢。”

“里佳的头发没染就是这种颜色吗？好棒喔。”

听到大家的称赞，我很不好意思。

同学和老师对我的茶色头发很有意见，常用批判的眼神看我，但是这边每个人都有染发，所以完全不用在意，环姐还是金发呢。

“对了，里佳，难得阿环把你打扮得这么漂亮，要不要趁机玩个游戏？”

“嗯？什么游戏？”

我探出上身问道，美弥姐艳丽的嘴唇浮现别有深意的笑容。

“跟老头援交赚钱啊。”

“援交！”

我不由得声音拔尖，因为援交实在太……

“哎呀，不是真的做，只是假装啦。”

美弥姐对心生恐惧的我露出微笑，其他人也用平常的语气说：“又不是真的要上床，只是约出来聊聊天就能拿到钱了。”

“我以前也这样赚过两万圆，很顺利喔。”

“里佳还是初中生，大概赚得到三万吧？”

“不，一定有五万。你打手机去交友中心钓钓看吧，我帮你想留言内容。”

“可、可是……”

“没问题啦！会去交友中心的男人大多都很软弱，如果有什么万一，我们会出来揍他一顿。”

“好像很好玩耶！里佳，你就去嘛。”

“很简单的啦，又没有什么大不了。”

大家拍拍我的肩膀。

我忧虑地看看环姐，她眯起眼睛，露出性感的微笑。

“你就去吧，什么事都该体验看看啊。”

“唔……既然环姐都这么说了……”

虽然不太情愿，我还是从口袋拿出手机，打开上盖。就像大家说的那样，这只是个游戏，或许没什么大不了的。

而且，我一想到这是那群幼稚同学绝对做不来的冒险，就觉得十分兴奋。

对，我跟那些女生不一样。这里每个人都把我当做平等的朋友，所以我一定要回报大家的期待。

“洽商”进行的速度快得令人错愕。

“里佳，名字要怎么办？不能用本名吧？”

“呃……那就小千吧。”

我顺口说出导师竹田的昵称。

美弥姐把这名字输入手机，三十分钟后，我已经坐在快餐店里。

啊啊，心脏好像快跳出来了。

我等一下要见的人叫做野口，是个在市内工作的上班族，年龄三十出头，还是单身。

美弥姐他们笑着说“没猜中呢”。

我本来猜对方说不定是个年过四十，挺着大肚，体味难闻，一脸色迷迷的老头。朋友们说还没拿到钱之前一定要讨好对方，不过，如果那种人靠到我身上，我一定会像看到毛毛虫一样撇开脸。

桌上摆着巧克力奶昔和一本书。那不是文库本，而是硬封面的精装本。

这是名叫塞林格的外国作家所写的书，书名是《麦田里的守望者》。我没有读过，不知道内容是什么，只知这是美弥姐从她父亲的书柜里随便找来的。

"用这个当暗号吧，老头子最喜欢这种文学少女了。"

"对方如果问我读后感，我又答不出来。"

"放心放心，只要说麦田那一幕很感人，然后随便点头附和，就不会穿帮了。"

美弥姐坚持地说，标题既然有麦田，一定是发生在麦田里的爱情故事。

但是，我觉得还是多少读一点比较好……

我轻轻翻开边缘已经绽开的封面。

这时背后传来一句话。

"你真可爱，一个人吗？"

我吓了一跳，仰头望去。

下一瞬间，我的心脏跳得更加猛烈。

第一个理由是因对方站得比我想象的更近。他贴在我背后，低下头来，仿佛要在我耳边说悄悄话。我一抬头就贴近他的脸，所以吓了一大跳。

第二个理由是他跟我想的不一样。低头对着我笑的男人看起来不像三十几岁，也不像上班族。虽然我不太会判断男人的年纪，但他怎么看都只有二十几岁，身上还穿着休闲风格的T恤和牛仔裤。这副打扮稍有差池就会显得放荡，维持着奇异的平衡感。

话说回来……他还真帅。

没错，这就是第三个原因，也是让我愣住的最大原因。

对我说话的男人真的很帅。

他长得很高，体格利落结实，脸也很英俊，眼神和笑容都很柔和，但表情强而有力，非常有男子气概。

这种时候是不是该说他身边的空气跟别人都不一样？除了电视和杂志以外，我还是第一次看到这么出色的帅哥。

我张口结舌地看着他好一阵子，这才回过神来。

这只是普通的搭讪吧？

对，这家伙不可能是野口。

我至今被搭讪过两次，都是高中生，而且长相和格调都远比不上眼前这个男人。但我心想一定是这样，他一定是来搭讪的。

可是，这么成熟的帅哥怎么会来搭讪我这种初中生呢？

有那样的外表，明明会有很多女人主动贴上去啊。难道他有恋童癖？

“我不是一个人，我正在等人。”

我不悦地说，撇开脸去。如果再跟他互望，我的心脏一定会跳出来。

可是，他把男人味十足的手臂从我的脖子旁边伸过来。

我反射性地僵住。

他灵活的手指拿起桌上的书。

“喂……”

我正要起身抢回书，他的脸再度进入我的视野，还以性感的声音在我耳边低语。

他把书的封面对着我，愉快地望着，然后说：

“《麦田里的守望者》……这是认人的暗号吧？”

“！”

我屏息地睁大眼睛。

不会吧……

“是的话就走吧。”

他拉起呆住的我走出店外。

“喂，等、等一下……你是野口吗？”

“是啊，小麦子。”

他的手又大又软，却强硬地抓着我的手，在人潮之中不停走着。

“什么小麦子，我又不叫这个名字！”

“叫小麦子有什么不好？你知道《麦田里的守望者》有村上春树翻译的版本吗？书名叫《The catcher in the rye》。”

“谁知道啊！你先放开我啦！”

“要轻松易读的话还是得选春树的版本，他的文笔流畅通顺，读起来很舒服。至于野崎的翻译虽然硬了点，却表现出青春的苦闷滋味。不过书名绝对是野崎的比较好，《麦田里的守望者》……你不觉得这书名只要听过一次就不会忘记吗？小麦子。”

“就说我不是小麦子嘛！我叫里……”

我差点说出本名，急忙打住，然后甩开他的手，板着脸孔改口说：

“我……叫做小千。”

野口不知为何睁大了眼睛。

他正经地盯着我，眼中逐渐盈满甜蜜的光辉，漾开微笑，接着用温柔到令人心悸的声音说：“小千。”

我的脸立刻发烫。

搞什么嘛！他只不过叫了名字啊！再说这又不是我的名字。

野口笑得非常幸福。虽然他是成年人，笑容却很天真无邪，好像真的开心极了。

“那是我最喜欢的名字。我真的好喜欢，超级喜欢。”

我的心又开始狂跳。

讨厌啦，我太不镇定了，这样下去只会被人看扁。不管他再帅，毕竟是年纪大我一大把的大叔，还是个跟初中生援交的恋童癖变态。

“……因为我叫做小千你才跟我见面吗？你对这名字有特别的爱好？还是说，你曾经被名叫小千的女人甩过？”

“这个嘛……你说呢？”

他不为所动，依然笑嘻嘻地看着我。

“那你有恋童癖啰？”

“大概吧。我喜欢制服，跟可爱女孩聊天也很快乐。”

“哇！真恶！”

我抱紧自己裹在夏季制服底下的身体。

“那小千呢？你常做这种事吗？”

“偶、偶尔啦。”

我觉得如果回答这是第一次，一定会更被人看扁，所以故作冷淡地说。

“喔？”

他的表情有如看透一切，让我忍不住紧张起来。

“你是第五个……不，大概是第八个。就像无聊时打打工，或是义工吧。”

“你用当义工的心态跟男人交往？”

“不行吗？要不然我才不想理你这种大叔呢。”

“我应该还不到大叔的年纪吧？”

“过了三十岁就是大叔啦。”

“这样啊？我已经三十岁啦？”

“你连自己的年纪都忘记吗？太白痴了吧。”

可是，他看起来完全不像超过三十岁……这家伙真的已经三十几岁了吗？

“算了，只要能拿到钱就好。总共五万喔，忘记年纪没关系，这点可别忘了。”

没错，因为这是游戏。

等这家伙给了钱，我就马上逃走。这么一来，环姐他们一定会夸奖我做得很好。

“五万……真是狮子大开口。”

“你自己也同意这个价格耶。难道你没钱？”

“不，我会付钱的，只要小千给我等价的享受。”

看到他那邪恶的笑容，我又全身僵硬。

讨、讨厌啦，难道他在想下流的事？虽说我本来就是为了这个而来，可、可是我又没那个打算，完完全全没有。

“别浪费时间了，快开始吧。”

“啊？开开开开开始干吗？”

野口又牵起我的手快步向前走。

“那还用问？当然是约会啊。”

“咦？”

他牵手的动作跟刚刚不同，是十指紧紧交握的“情侣握法”。我的心脏已经扑通扑通跳个不停，他还若无其事地对我说出更惊人的话：

“首先来舒服地流一场汗吧。”

“等、等一下！你要带我去哪？讨厌啦，笨蛋，等一下啦！我叫你等一下啊！”

我想要挣脱，但手指握得太紧，仍然被他拉着走。

没事的，美弥姐他们说过，如果有个万一就会来救我。

可是、可是……

“讨厌，放开我啦！恋童癖！变态！”

“好了，如果惹来警察，你也会有麻烦吧？”

“呃！”

他说的没错，我顿时语塞。野口悠然地拉着我继续走。

我们离开闹区，渐渐走向人烟稀少的地方。讨、讨厌，他到底想干吗？美弥姐他们真的会来吗？

我把手插入裙子口袋，正想掏出手机……

“到了，就是这里。”

“咦？”

野口停下脚步，用下巴指了指建筑物。

我呆呆地抬头一看。

是体育馆。

“喂！”

我双手叉腰，双脚跨开，对着几公尺外的他大叫。

“现在是什么情况啊？”

“就是这种情况。”

悠哉声音传来的同时，羽毛球跟着飞来，我挥动手上的球拍用力击回去。

咻的一声，羽毛球往野口的方向飞去。

“为什么我得跟你打羽毛球啊？而且还是在这种破烂体育馆里！”

我再次把飞来的羽毛球击回。我已经脱了鞋袜、打着赤脚，一脸轻松把羽毛球打过来的野口同样是赤脚。

我们打着羽毛球，身边有群小学生闹哄哄地打篮球。

“只有这里是免费的嘛！我的钱都拿去孝敬可爱的初中女生了。”

“你连一毛钱都还没孝敬过我啊！”

啪、啪！羽毛球在我们之间不断来来回回。野口微笑望着气鼓鼓的我，神情自若地打回羽毛球。

眼看猛然飞来的羽毛球就要打中我的制服裙子，我连忙扭身打回去，裙子稍微掀起一点，令我羞红了脸颊。

“你刚刚是故意的吧？”

“你是指什么？”

他用装傻的语气说着，又把球打到很难接的方向。我冲过去接球的瞬间，裙子沙沙摇曳，大腿都露出来了。

“你一直故意把球打偏吧？”

“运动也得有视觉上的享受嘛。”

“你这个恋童的变态！”

我把球打向野口的脸。哼！我要让那张傻笑的脸痛苦地皱起来！

可是野口开玩笑地说“小千好吓人喔”，每一球都打了回来。

啊啊！讨厌死了！我干吗这么拼命啊！

我平时经常跷掉体育课，现在却搞得气喘吁吁、满头大汗，真是太丢脸了。

野口还是一副轻松自在的模样，真让人火大！

哼，要比体力的话，我这个初中生一定比较好，怎么可以输给大叔！

我就这么气呼呼地打着羽毛球，一小时之后……

我虚脱地靠在体育馆的墙上。

我垂着头，喘得肩膀抖动，突然有个冰冷的东西贴上脸颊。

“呀！”

我惊叫出声。只见野口拿着罐装运动饮料，觉得有趣似地眯起眼睛。

“来，这个请你。”

“小气鬼！要请也请好一点的嘛！”

我一边抱怨一边接过来。

喉咙快渴死了，冰凉的运动饮料瞬间浸透全身上下。

野口也坐在我身边，喝起罐装咖啡。

"小千，你最好还是加强一下体力喔。虽然你很有毅力，但是打到后来都快喘不过气了。"

"少、少啰嗦！我又不打算参加奥运，有什么关系！"

"你没参加社团吗？"

"太麻烦了。"

"放学后都去当义工吗？"

"呃……有空的时候才会做啦！平时……多半跟朋友一起玩。"

"朋友？学校的朋友吗？"

"才不是，是高中生或打工族。学校讨厌死了，同学都很幼稚，根本合不来。"

"是因为你自己抱着这种想法，不跟他们往来吧？"

"什么！"

我想把还没喝完的运动饮料砸向野口，可是他显然知道我在生气，却仍嬉皮笑脸的，所以我没有动手。

这个人在戏弄我。

我一扭头，用不屑的语气说：

"我没必要跟他们往来，他们只会做表面工夫，有够虚伪……老师和同学都是满口谎话的伪善者……老师很爱在我的名字上面加个'小'字，动不动就装做很关心我、很了解我，死皮赖脸地纠缠着我，其实她根本不了解我，只是想让身边的人觉得她是个温柔的好老师。班上同学也很讨厌，不过老师是最让人生气的，那家伙一定比谁都会说谎。她的笑容太夸张、太不自然，我才不想看那种笑脸。"

我干吗跟他说这些话啊？

明明是个刚认识没多久的人，还是个跟初中生援交的变态……

野口静静地听我说话。我虽然想知道他是什么表情，但脖子僵住，没办法转头看他。

胸中好像有重物渐渐堆积起来，觉得好难受。

这时野口说："那你放学后去见的'朋友'是真实的吗？"

那不是嘲讽的语气，而是平静的疑问。

我的胸口痛得如同一箭穿心。

"是、是啊！"

我嘴硬地说。

野口稳重地看着我。好像看着小孩一般，眼神很无奈。

我的耳朵烫得像着了火。

我不知道这是因为羞耻、懊恼，还是焦虑。没多久脸也跟着热起来，心里很不安。

野口望着抱膝而坐、面向一旁的我，用寻常的语气缓慢地说：

"你知道吗？《麦田里的守望者》讲的是一个无法融入学校生活，被大家排除在外，还被退学的迷途少年。

"叙述故事的霍尔顿满口抱怨，说着自己的家庭怎样怎样，在学校又怎样怎样，同学如何、老师如何……

"这故事就像用银色汤匙舀起罐装玉米，一匙接一匙送进嘴里似的……颗粒分明又有嚼劲，最后留下坚韧的种皮，嚼起来香甜青涩，让人有些寂寞……这都是我那个文学少女姐姐教的啦。小千，你喜欢玉米罐头吗？"

"……我吃拉面一定要加玉米。"

“那你可以读读看，想想我行我素又多愁善感的霍尔顿会变成怎样，今后又会怎么做……结尾是很引人深思的。”

野口拿书在我头上轻轻一敲，站了起来。

我很不高兴他把我当孩子看待，嘟哝地说：

“明明是来援交，少对我训话。我最讨厌你这种人，你跟竹田都是一个样。”

“竹田？”

“很会说谎的老师。”

野口温和地眯细眼睛。

“这么说来，竹田老师一定也跟我一样担心你，觉得你走到麦田的悬崖边。”

“你在说什么？”

“《麦田里的守望者》啊。”

“真无聊。”

“是吗？我倒觉得跟小千约会很愉快。《麦田里的守望者》真的值得大力推荐，不管是野崎的译本还是春树的译本我都很喜欢。”

野口动作很自然地站起身。

“我知道啦！不就是麦田里的爱情故事嘛！无聊透顶！”

“不可以说谎哟，小千。”

野口最后对我一笑，然后就离开了。

“笨蛋！变态！训话魔！死老头！笨蛋！笨蛋！大笨蛋！”

我对着他的背影破口大骂，但仍消不了气，还握拳捶打体育馆的地板，手指都敲麻了。

只不过长得好看一点，嚣张什么啊！什么约会嘛！我都说了是来当义工的！

咦……对了，这不算援交吧？

因为……援交最后一定会做的事还没……我、我当然一点都不想做那种事，不过他只是打打羽毛球就离开，到底是在想什么？

难道他嫌我太幼稚？因为我不是他喜欢的类型？

太看不起人了！

我气到极点，但又突然发现最重要的事，吃惊到身体冰凉。

没拿到钱！我没拿到五万円！

该怎么向美弥姐他们解释呢？

隔天我在学校里一直想着这件事，担心得胃都绞痛起来。

如果说我确实去援交，却没拿到钱，他们会接受吗？

说不定大家会以为我怕得逃走，失望地说："里佳比想象中还要没种呢。"

或许连环姐都会看不起我。

唉，该怎么办？

上课内容根本听不进去。

等到午休时间，我提着书包离开教室。

我想直接去找环姐他们，可是在走廊上被人一把抓住。

“小仔鹿，现在还没放学哟。”

竹田微笑着说。

“我身体不舒服，要先回家。”

我挥开温热的手这么说，她露出担心的表情凝视着我。

“小仔鹿，你最好还是乖乖上课。我们是私立学校，太常逃课会被退学喔。”

竹田一定不想看到自己的班级有人被退学，因为她是个“跟学生很要好的红牌老师”嘛，当然不希望自己“被学生崇拜的认真老师”的评价受到影响。

“退学有什么大不了的？我讨厌这种学校！反正我本来就不听话，这样不是刚好吗？”

我想快点去找环姐他们却被拖住，不由得感到焦急，口气也变得暴躁。

竹田更担心地垂下眉梢。

“……我觉得……小仔鹿如果笑一笑就好了。”

“你在说什么？”

竹田对焦躁的我开朗地笑着说：“嘿嘿，这样一定能交到朋友吧，老师和学校也会更照顾小仔鹿啊。”

“那是在骗人吧？满嘴谎话，不想笑却硬要笑，只会让自己变得更可悲。”

竹田的脸上仍挂着像是画出来的温柔可爱笑容，说道：

“是啊……这样的确是在骗人。可是，说不定有益于小仔鹿喔。”

“我讨厌这样，我才不要骗人。”

是啊，无论是每天活在虚浮交际之中的懦弱无趣初中生，还是肮脏的大人，我都不想当。

“要退学的话请便。”

我丢下这句话，不再理竹田，径自离开校舍。

没关系，就算退学了，我还是有地方去。

我跟环姐他们的友情一定是“真实”的。

他们会跟平时一样迎接我。

只要我坦白，就算没拿钱回去，他们也会原谅我。

没关系。

没关系。

没关系。

我一直这样说服自己，怀着苦闷沉重的心情去平时的聚集地点。

美弥姐他们一看到我就闭嘴不语，眼神冷得像是在瞪我。

“里佳，你背叛了我们。”

“……咦？”

“竟然放野口鸽子，偷偷逃走，真让人失望。”

“我哪有逃走？我是……”

“野口等了一个小时，很不高兴地走了。”

“咦？”

我不懂美弥姐他们在说什么。为什么大家都瞪着我，都在责怪我？

我明明去见野口，还跟他在体育馆里打羽毛球耶。为什么说我放野口鸽子？

一定是哪里搞错了。

可是，大家都非常生气。

环姐用我从没听过的冷淡语气说："里佳，擅自离开游戏是违反规则的。既然你说没有放野口鸽子，那应该拿到钱了吧？"

"这个……我忘记要钱……我们又没去旅馆，也没做那种事……"

我的声音颤抖，变得越来越细微。

直至刚才我的呼吸都还很顺畅，现在却好像肺被捏紧似的，吸不进空气，喉咙也哽住。

我已经说出实话，大家看着我的视线却还是那么严厉。环姐也用刀刃般的锐利眼神看着我。

"里佳，如果拿不出钱，你就是逃避游戏的卑鄙小人。我们不会再把这种人当做朋友。"

"怎么这样……"

恐惧感压住我的胸口。

除了这里以外，我已经没地方去啦！

"如果你想证明自己是我们的朋友，就再玩一次游戏吧。不过金额要加倍，总共十万円。"

"十万円……"

"对，回家偷翻妈妈的钱包是违规的喔，这是游戏，所以你一定要自己去赚回来才行，期限是明天。"

十万円……我自己一个人……而且只有一天？

不可能的！

"如果你想当我们的朋友，应该办得到吧？"

环姐微笑说道。

那是我很喜欢的成熟性感笑容，可是，今天却带着恶意。

其他人也突然变得很和善，纷纷来摸我的头和肩膀，神情亲昵地说：

“没问题的，里佳一定办得到。”

“是啊，因为里佳是我们的朋友嘛。”

“这次不能再背叛我们啰，里佳。”

一天赚十万円……

初中生怎么拿得出这种金额啊？

不过我若拿不出十万円，大家就不会再跟我当朋友。

我拿起手机打到交友中心，拼命找对象。

——我是小千，我要征求愿意援助我的叔叔。

——我是初二学生，名叫小千。

——有谁想陪小千聊天吗？小千今年十四岁。

昨天是美弥姐帮忙想内容，价钱也全交由美弥姐商量，可是，今天非得靠我自己不可。

即使收到了响应短信，我也不知道该怎么跟没见过的人洽商。

或许是我的短信内容太死板，看起来不像有机会上床的样子，没过多久就没有人再响应。

“我现在急需十万円，有谁能借给我吗？”

我这么表示之后，有人回以批评、有人回以玩笑，也有人劝止，甚至有人传了恶心的色情文字或图片，我拿不定主意该跟哪个人见面。

我坐在快餐店角落的座位，肩膀僵硬、眼睛充血、头痛欲裂，看着手机屏幕按按键好几个小时。

怎么办？怎么办？该怎么办才好？

我直冒冷汗，按着按键的手指都湿了，呼吸渐渐匆促，脑袋呼呼发热。

时间不断过去，店里的空位渐渐坐满穿着制服、像是刚放学的女生。

每个人都是成群结队，看起来很愉快，一边笑着一边讲话。孤单一人的女生好像只有我。

纸杯里的奶茶连一口都还没喝就变冷了。我觉得好想哭。

可是，再怎么哭也不会有人来帮我。

我眨眨眼睛忍住泪水，盯着手机屏幕，继续传短信。

窗外渐渐泛白，接着逐渐变成黄昏的暗红。

一笔交易都还没谈成。

再这样下去，就得跟男人约在晚上，这样太危险了。

可是，我已经没有时间。

总之先找人见面吧，是谁都无所谓。尽量找上了年纪的人吧，这种人给钱好像比较大方。

我怀着悲壮的决心，决定传短信给一位六十几岁的上班族，约他现在见面……

"你真可爱，一个人吗？"

我以为是野口，猛然抬头。

但是，我错了。

那是身穿西装的年轻男人，头发染成茶色，看起来很轻浮。

那个人把名片放在桌上，名片上印着我没听过的公司名称。

男人微笑着说：

“我做的是杂志和电影方面的工作，你有没有兴趣当模特儿呢？摄影棚就在这附近，要不要来试镜看看？啊，我们会提供一点谢礼。”

“一点是多少？有十万円吗？”

我不抱期望地问，男人苦笑着回答：

“这太多了吧？不过，有一部将在秋天播映的宣传影片需要你这种年纪的女孩，如果让导演看上，说不定可以先拿酬劳喔。”

谁会相信这么可疑的说辞啊？

要是在以前，我早就把他赶走，但我现在非常需要钱。与其找个没见过的男人来援交，还不如跟眼前这个男人走来得安全。对，反正有事的话逃走就好。

“怎样？”

“好。”

我点头了。

那个人带我去的地方，是距离快餐店二十分钟路程的大楼里某一户。

“你叫什么名字？”

“……小千。”

“喔，小千啊，真可爱。几岁？”

“十四岁。”

“是初中生吗？”

“初二。”

“哎，不用紧张啦，看着前方，笑一下。”

没有装潢的灰色墙壁，冷清空荡的房间，我坐在异样突兀的粉红色沙发上怯生生地回答问题。

摄影机把我这模样拍了下来。

房里除了带我到这里的男人以外，还有三个可疑男子面带浅笑看着我。

这样真的赚得到钱吗？

如果赚得到十万円，环姐他们会不会夸奖我“做得好”？会不会让我继续当他们的朋友？

男人们直盯着我。他们脸上的笑容很像环姐他们今天对我露出的笑容，让我越来越迷惘。

我真正的期望到底是什么？

这样下去真的好吗？

“唔……表情还是太僵硬了，脱掉上衣看看吧。”

“啊？”

叫我脱上衣……但这是夏季制服，所以里面只穿衬衣……

“脱了衣服应该会比较放得开。”

摄影师用哄骗的语调说道，周围的男人也都笑眯眯的。

“好啦，快一点。”

“可、可是……”

“嗯？紧张得动不了吗？小千真害羞呢。要不要大哥哥帮忙？”

那些人朝我走近，我全身冒起鸡皮疙瘩。

“不、不要过来！”

“那你要自己脱吗？”

我无言以对，男人以黏糊的语气问：

“你不是想要钱吗？”

我的胸口紧缩。

环姐、美弥姐、其他朋友的脸依次浮现，包括他们亲密地叫我“里佳”的表情、冷眼看着我的表情、还有拍着我的肩膀说“里佳一定办得到”的浅笑……

各种感受掺杂在一起，令我晕头转向。我对自己的愚蠢感到绝望，也对自己被这群恶心男人包围而无处可逃的处境感到绝望。我好想哭，一边想着我现在能做的事或许只有乖乖地脱衣服……若是抵抗，说不定会遭到更可怕的下场。

而且就是我把自己逼到这个处境，所以我不想哭哭啼啼，或是可悲地大喊大叫。

要是我这么做，这些人一定会更高兴。

“别过来，我自己脱。”

我瞪着摄影机，努力挤出坚定的语气说道。

“喔？那就继续吧。”

我盯着摄影机不放，从沙发上站起身。

不行，脚在发抖。

我一脸严肃地解开胸前的缎带。

好可怕。

我会有什么下场呢？

怀着站在悬崖边一般的心情，我准备动手解开上衣的第一颗纽扣……

“不行。”

异常平淡的声音传来。

“我们学校禁止打工。”

那是不带任何感情的平静声音。

门打开了。我看到走进来的女人时，还以为自己看错。

——竹田吗？

不，气质完全不同。

学校里的竹田虽然是老师，却跟学生一样幼稚，要么傻笑，要么哭丧着脸，再不然就是鼓着脸颊，表情非常丰富，声音也跟卡通人物一样甜腻可爱。

可是，眼前这个貌似竹田的女人表情空虚，简直像个死气沉沉的人偶。她的表情太冰冷、太空洞，连那些男人都吓一跳，像是看到什么可怕的东西。

对，那一定是别人。

再说竹田也不可能出现在这里，时机太巧了。

“你、你是谁啊？”

总算有个男人开口。

“……我是那个女孩的老师。”

她淡淡地回答。

老师？那么……那么，她真的是竹田啰！

我震惊得几乎瘫倒，这时突然有只温暖的手握紧我的手。

像小孩一样的柔软触感。

竹田的手……

“……回去吧，小仔鹿。”

竹田牵着我的手。

她把挂在悬崖边的我拉回安全的地方。

“……我们告辞了。”

她用缺乏抑扬顿挫的声音说着，就要带我离开，那些男人急忙制止。

“等一下！”

“……拍下的影像请你们帮忙销毁。”

“开什么玩笑！”

“……不行吗？”

“废话！”

“……这样啊，那接下来就麻烦你了。”

“你在说什么？”

那些男人全都愣住，这时房间突然停电。

“哇！”

“呀！”

仿佛收到信号似的，竹田拉着我的手跑出去。

房间里传来东西翻倒的巨大声响、玻璃破碎的声音、争吵声、踩踏地板的声音……各种声音混在一起。

“OK！小斑比的自我介绍影片销毁了。”

“这家伙是谁啊？”

“混账！”

扭打的声音，还有东西翻倒的声音。

所有声音都渐渐远离。

我被竹田拉着跑下脏污的楼梯。

“喂，刚、刚才说了小斑比的人是……”

“那是阿流。没事的，他早就习惯这种场面，做得差不多了就会逃走。”

“早就习惯……”

还有，阿流是谁？刚才那不是野口的声音吗？野口就是阿流？竹田认识野口？

牵着我的人真的是竹田吗？

为什么跟她在学校里的时候判若两人？

我的脑袋里充满一大堆疑问，心脏跳得扑通响，呼吸紊乱，好像身处暴风雨中。

风雨和黑暗让我什么都看不见，也不知道该往哪里走，但那只手依然领着我。

闹区的霓虹灯从两旁掠过，我们从人群之中穿梭而过，跑个不停，几乎喘不过气。

回过神的时候，我靠在公园的铁格子游乐设施上大口喘气。

“呼……呼……”

“……”

竹田看起来也很喘。她在一旁沉沉低着头，肩膀不断晃动。

我们呼出的气息慢慢融入夏天的闷热空气中。

“你果然缺乏运动哟，小斑比。”

我听到一个爽朗的声音。回头一看，野口友善地笑着站在街灯下。

他的嘴唇破裂，脸也肿起来，大概是被揍的，但他的表情仍是毫不在乎。

“哎呀，阿流，你的脸！”

竹田在公园的水龙头沾湿手帕，利落地帮他擦伤口。

“阿流的优点只有长得帅，怎么可以不好好保护呢？要被揍的话，就让人揍肚子之类的地方嘛。”

“你说得太毒了。”

竹田已经完全变回平时的模样。她踮起脚尖，拿着小鸡图案的手帕帮野口擦脸，野口也低头靠在竹田身上，像是要抱住她。

他环抱竹田腰部的动作好猥亵，有一种情侣调情般的气氛。

竹田撒娇似地笑着。

“因为我喜欢阿流的脸嘛。”

“只有脸吗？”

“全都喜欢啊！谢谢你帮我保护小仔鹿。幸亏阿流是个有空的无业游民，整天都在四处乱晃！”

“……你真的很毒耶。”

我茫然地看着他们两人交谈。

这是在搞什么……

喉咙传出一声呜咽。

竹田和野口都朝我望来，两人担心地皱紧眉头。

“小仔鹿……”

“小斑比……”

我好像哭了。

像个被朋友抛下、手足无措的小孩一样寂寞难耐，眼泪扑簌簌地滴落脸颊。

“搞……搞什么嘛……我都不知道……竹田和野口竟然认

识……为什么……突然出现在那种地方……要追根究底的话……都是野口害的……都是你害我被朋友当做叛徒……呜……还碰到那么可怕的事……”

“……我都知道。”

野口走过来，帮我擦去泪水。

“你的朋友是不是说要再加入他们就得自己赚到十万円？后来有人找你试镜，差点把你拉去拍A片？”

“呃……”

我很想骂他“都是因为你没付钱就跑走”，声音却哽在喉咙里。

眼泪停不下来。

“我说啊……你可能没注意到，说要挖掘你的男人，跟你那个叫做环的朋友是同伙的喔。”

……环姐？

野口小心翼翼地继续说：

“小斑比，你昨天在店里碰到我的时候，正在等援交的对象吧？还拿塞林格的《麦田里的守望者》当相认的暗号……我觉得情况很不妙，所以赶紧把你带走。”

“你……不是野口吗？”

“嗯，抱歉，我叫樱井流人。我受你老师之托，这阵子一直在注意你的行踪。我也调查过你的朋友，那个叫做环的女生经常介绍清白的女孩去援交或拍A片，借此赚取佣金。”

喉咙哽住了。

其实，我模模糊糊地感觉到这点。

我知道环姐可能骗我，也知道我拿十万円回去可以得到环姐的夸奖，但那并不是“真实”的。

“呜……我也知道……可、可是……我考错学校……没办法融入环境，也交不到朋友，根本待不下去……我只有那里能去……”

我真是个笨蛋，超级大笨蛋。

我明白，我都明白……就算明白，却不知道该怎么做才好。

樱井看到我哭得不能自已，喃喃说着“唉，没办法”，伸手到我的两肋下把我举起来。

他让我坐上公园里的塑料马。那是靠移动重心摇摆着玩的游乐设施。

我双手遮脸，低头哭个不停，樱井像是把我当成摇篮里的婴儿，慢慢地摇动，一只手摸着我的头，温柔地说：

“你读过《麦田里的守望者》了吗?”

我抽抽噎噎地摇头。

“《麦田里的守望者》的最后……主角霍尔顿跟小学生妹妹去动物园……那个妹妹是个可爱的好孩子，她很担心退学之后到处闲晃的哥哥，还说哥哥如果离家出走她也要跟去。

“两人离开动物园后，在公园里玩旋转木马，霍尔顿坐在长椅上看着妹妹。这时下起雨，妹妹从霍尔顿的外套口袋拿出红色猎帽帮他戴上……

“在这场倾盆大雨中，霍尔顿一直坐在长椅上盯着妹妹骑旋转木马。

“妹妹挥手，霍尔顿也对她挥手。像这样望着妹妹在马上不停回转，让霍尔顿感到了无比的幸福。”

在像夕张哈密瓜的果肉一样泛红的诡谲月亮下，塑料马不停地摇摇摆摆、摇摇摆摆……

樱井的大手一再抚摸我的头。

“有个关心自己的人……真好呢。

“即使你觉得自己孤单一人、无处可去，至少还有一个关心你的人。小斑比，你的老师一直在担心你喔……我从老师那里听到很多关于你的事，像是你今天没去上学啦，或是你今天逃课啦……”

——嘿嘿，小仔鹿，不可以不来上学喔。

竹田优哉的笑容浮现在我脑海里，我的胸口顿时揪紧。

我偷偷瞄了竹田一眼，发现她的表情不知何时又变得像人偶一般，漠然地盯着我们。这跟她笑着的模样差太多，让我不禁战栗。

哪一个才是真正的竹田呢？

如今竹田看着我，心里在想什么？

冷漠的竹田……也在担心我吗？

“我……我才不相信老师……不管是学校……还是朋友……全都是骗人的……”

有个平淡的声音对要起脾气的我说：

“……是啊。”

那是竹田的声音。

“可是……就算是骗人的，只要由衷把它当成真的，有一天或许就会成真。”

那张看不出心思的冷漠脸庞，在哈密瓜色的月光之中渐渐笑开，变成一张灿烂的笑脸。

那张笑脸一直凝视着我满是泪痕的脸。

当晚我读了一直放在书包里的《麦田里的守望者》。

因为我平时很少看书，加上这本书从第一页就塞了满满的文字，文章的写法又像在跟读者对话，令我觉得很困惑，所以看得很慢，不过习惯之后，我渐渐地投入主角霍尔顿的叙述之中。

霍尔顿跟我一样不习惯学校生活，交不到朋友，考试也不及格，因此遭到退学。

他在圣诞假期前回到父母和妹妹所在的老家。

霍尔顿的家人都很聪明能干，唯独霍尔顿没有特别的才华，也没有目标。

他只想享受当下，老是做些蠢事。

我读霍尔顿的抱怨读了一整晚，虽然早就累得想睡，但霍尔顿仍然像个死揪着我不放的朋友，一直说话。

——喂，你听着。

我有时感同身受、有时烦躁、有时嗤之以鼻、有时觉得好寂寞，但还是忍着睡意继续听霍尔顿说话。

书中没有出现麦田，霍尔顿没有去过那种地方。

他只是对妹妹菲比提到自己想做的事，是看到在麦田玩耍的孩子快要掉落悬崖时就抓住他们。

孩子在奔跑时都不看着前方，这种时候我就要跳出来抓住那个孩子。

我想当的是麦田守望者。

我知道这很蠢，不过说起我想做的事，只有这一件。虽然我知道这真的很蠢。

霍尔顿后来怎么样了……现在该怎么做呢?

窗外开始变亮，我终于读完这本书，胸中充满悲伤。

虽然霍尔顿说自己想当麦田捕手，但我想他一定希望有谁能来抓住他。

希望在他没看着脚边、快要摔下悬崖的时候，会有人来拉住他。

竹田抓住了我的手。

她使劲把我拉回悬崖上。

——我觉得……小仔鹿如果笑一笑就好了。

——嘿嘿，这样一定能交到朋友，老师和学校也会更照顾小仔鹿啊。

勉强自己去笑只会更悲惨。很愚蠢，也很痛苦。

可是……

我爬下床，对着镜子挤出笑容。

眼睛充血，嘴角痉挛，一点都不可爱。

但我还是勉强地笑着，并对镜子里的自己说话。

好啦，去洗把脸，换好制服去上学吧。

如果见到竹田，就主动跟她道早安。虽然不知道能不能笑得自然，或许只能僵着一张脸笑不出来……不过竹田一定会笑嘻嘻地对我说：

“早安，小仔鹿！”

她的笑容可能都是在骗人。

或许昨天那个眼神空洞的竹田才是真正的竹田。

老师和学生的情谊或许只是短暂、虚假的。

但是只要真心以待，虚假说不定也会变得真实。

奋斗的小鹿和胆怯的旅人

“我觉得……小仔鹿如果笑一笑就好了，这样一定能交到朋友，老师和学校也会更照顾小仔鹿。”

在一个月前，虚伪的女老师挂着真正的笑容这么告诉我。

我本来很讨厌那间私立千金小姐学校，不过现在还是乖乖地上学。

今天早上踏进教室前，我在走廊上为自己打气。

“没问题的。笑容，保持笑容。”

我催眠着自己，迈出脚步。

“早安。”

我向站在门边说话的同学打招呼，语气开朗而清晰，还咧开嘴角，眯起眼睛地露出笑容。

“啊……呃……”

“我要先去预习了，今天会点到我。”

她们仿佛看到什么不该看的东西，露出尴尬的表情，撇开脸不看我，各自回到座位上。

没办法，我又向另一群人说“早安”。

“所以我昨天终于下定决心，传短信给高濑。”

“咦？真的吗？松田，你好勇敢喔。”

“结果他回传了吗？”

这些人连头都不回，自顾自地嬉闹聊天。

我僵着笑脸回自己的座位，又对隔壁位置的女生笑着说“早安”。

这个女生也转开视线，自言自语地说“班会课前得先去洗手间”，随即离座。

◇　◇　◇

“竹田真是大骗子，我就算笑也碰不到好事嘛！”

放学后，我在数据室帮忙钉影印数据。

先把影印纸一张张叠起来，再用订书机装订，同时鼓着脸颊抱怨。

竹田轻松地笑着。

“嘿嘿，小仔鹿很努力呢，了不起！被大家忽视却没有因此逃课，这样已经进步很多啰！”

“你、你看见了？”

“我是小仔鹿的导师嘛，所以我一直看着小仔鹿喔。”

那张怎么看都像十几岁学生的娃娃脸愉快地说。

她曾在我陷入危机时突然现身，像人偶一般面无表情地威吓那些可疑男人。

那时的竹田，跟学校这个被学生称为“小千”、经常笑眯眯的竹田实在相差太多，我到现在还不太习惯。

到底哪一个才是真正的竹田呢？

“我才不希望你一直看咧！唉，一开始还挺顺利的，我打招呼时，对方虽然好像会害怕地提防我，还是回答了‘早安’。”

我一直觉得这间学校很讨厌，也觉得自己跟女校的乖学生聊不起来，不想交这种朋友。

因此等到第一学期后半，同学已经各自组成小圈圈的时候再主动跟人说话，便需要很大的勇气。

话虽如此，我紧张兮兮地挤出笑容跟人打招呼，对方也回答“咦？呃……早安！”的时候，我还是开心得胸口发热，松了一口气。

只不过是一声问候，却让我觉得自己被人接纳，高兴到心脏狂跳。

隔天走进教室，我也跟同学打招呼，下课时间还试着找邻座同学攀谈。

说是攀谈，其实只是“下一堂课在哪间教室”、“你听得懂那一题吗”之类的简单对话。

以前我经常逃课，对老师摆出一副反抗的态度，所以跟同学很不合。

风评这么差的我突然跟人攀谈，对方想必也相当惊愕。

虽然她睁大眼睛，紧张到声音变尖，却仍亲切地为我讲解题目。

是啊，最初的一周还算顺利。

可是后来我跟人打招呼，对方的表情却越来越困扰，有时还得不到响应。

“唔……真不舒服。我到底做了什么啊？为什么要排挤我？想说什么就跟我直说嘛！我还是讨厌女校。”

“嗯嗯，有时事情的确不如期望，会觉得焦躁，这种时候就来我这里抱怨吧。”

“……来你这里只会被叫去打杂吧。”

“嘿嘿，一边做事一边说，比较不闷嘛。”

话是这样说没错啦……用订书机啪嚓啪嚓地钉起影印纸，真会让人不知不觉地上瘾呢……不！不能让她拐了！

“我又不是来哭诉的！我才没那么脆弱咧，被漠视还是怎样的我早就习惯，又没什么大不了的。只是觉得我已经主动打招呼，连微笑都一并奉送，却还是受到漠视，实在很不爽。”

“我明白哟。小仔鹿是很坚强的。”

竹田摸摸我的头。

“住、住手啦！不要把我当做小孩！”

“可是我比小仔鹿大很多岁，又是老师嘛～”

“你明明就是能用初中生票价看电影的样子。”

我说得很毒，竹田却仍笑眯眯地看着我。

她摸摸我的头发，以优哉温和的语气说：

“小仔鹿，我想现在的你只是忘了交朋友的诀窍。”

“交朋友的诀窍？”

“是啊，你在小学里应该有很多朋友吧？可是你在初中一直板着脸，所以越来越不记得交朋友的时机和力道。不过别担心，你很努力，一定会渐渐想起来的。我想要不了多久，你就能轻轻松松地交到朋友喔！”

“是、是吗……才不可能咧。”

我撅着嘴说，但竹田只是笑着。

◇　◇　◇

的确，我在幼儿园和小学的时候，跟身边的人都处得很好，根本不用烦恼这种事。要说什么就说，想什么都能清楚传达给对方，吵架也会在隔天和好。

可是，我现在却得在意自己说的话会让人怎么想，很担心对方会不会接受，感觉好悲惨，畏首畏尾的。

我一直觉得原因是自己读错了学校。

可是，或许真的如竹田所说，这也可能是我自己态度太差，不理别人……

还是因为我和周遭人们都已经不再是单纯天真的孩子呢……

既不是孩子，也不是大人。

初中生真麻烦。

再怎么不愿意也得在团体中生活，所以，我还是希望有朋友……

“唉，如果我被排挤到毕业该怎么办啊？”

我在鞋柜前叹息。

在这间学校可以一路升上大学部，所以还有九年半。

不，应该不会这样吧？

我正要换上便鞋时……

奇怪？这是什么？

有个浅蓝色信封，难道是情书？

可是，我们学校是女校耶。啊，不过我在去年的情人节，看过像宝冢的男装女演员的帅气学姐被女生们围住，又是送信又是送礼的，还听说平均每两周就有一人向那个学姐示爱。

可、可是，怎么会轮到我呢？

我忍不住朝四周张望。

确定旁边没人之后，我迅速把信收进书包，小跑步离开校舍。

我一路跑到门外，又看看四周，这才打开信封。

这举止也太可疑了，我到底在兴奋什么？不、不对，我才不是兴奋呢……

我心跳不已地读起信纸。

很女性化的漂亮字体这么写着：

仔鹿里佳同学

突然写信给你，真对不起。

你一定吓一跳吧？

我很在意你，一直在看着你。

我觉得仔鹿同学跟我身边其他女生不一样。

虽然笨拙，却很坚强。

我很想跟仔鹿同学说话。

只有这些内容，信纸和信封上都没有署名。

哇啊啊啊啊啊啊啊啊啊啊啊啊啊！这果真是情书！

我直盯着信纸，视线几乎要把纸张烧穿，脸也红了。

竟然有女生写情书给我！

在这之后，神秘人的信还是一直出现，而且一天竟有好几封！

早上来到学校要换室内鞋的时候、上完体育课打开置物柜的时候、从其他教室回来的时候、从桌里拿出下一堂课的课本的时候、放学后再次打开鞋柜的时候，都会看到高雅的浅色信封，令我非常吃惊。

每封信的内容都很短，譬如“今天也见到仔鹿同学了”、“体育课时看到仔鹿同学跨栏，真的很棒”、“第二堂课做了化学实验对吧”、“我最喜欢的书是《蒂凡尼早餐》，仔鹿同学喜欢看书吗”、“今天在家里烤了戚风蛋糕，真想让仔鹿同学吃吃看”、“早上睡过头，我一直好担心会迟到”之类的。

这家伙难道是跟踪狂或神经病吗？

从我收到第一封信之后经过一星期，这段日子里我总共收到十八封信。

周六学校放假，所以这五天之内平均每天有三四封。

怎么想都很奇怪！

这个人干吗这么注意我？为什么连我在便利商店买了梅子口味的糖果和醋昆布都知道？甚至知道我在回家路上看到一只圆滚

滚的三色毛猫，还搔了它的肚子。

除了害怕以外，我也有些兴奋。

因为我在学校的说话对象只有竹田。

就算是来路不明的怪信，还是让我觉得好像有人在跟我对话，柜子或桌里出现信的时候，我除了厌烦以外，甚至有点开心。

太……太可悲了。

可是，受尽大家漠视的我竟会有人注意，实在令我忍不住感到高兴。

不过，这个人为什么不写名字？既然这么在意我，就直接来找我说话嘛！

这些信到底是谁写的？

我好想知道这个喜欢《蒂凡尼早餐》、会在家里烤戚风蛋糕的人究竟是谁，渴望得不得了。

我也曾经躲在鞋柜附近，等着看是谁把信放进去，但是我这样做的时候从未发现可疑人物，也没有收到信。

经过的同学都用疑惑的眼神看着我，我只好快步离开那里。

结果我再回来一看，又有信放在里面。

“唔……我好想知道喔。”

这天放学后，我边走边读刚刚收到的信。

要不要跟竹田商量看看呢？

如果我说收到疑似女跟踪狂的信，她一定会笑我吧？而且，如果她觉得这并不是坏事，而把事情说出去，我一定会被更多人笑。

呃，那就糟了。

“可是，要怎样才能知道是谁送来的呢……”

我看着淡樱色的信纸一边沉吟。

这时后面伸来一只手，抽走了信纸。

“咦？情书？小斑比真受欢迎。”

“哇！”

回头一看，有个随性穿着T恤和牛仔裤、脸和身材很好看、像模特儿般的男人，脸上带着迷人的笑容。

“樱、樱井流人！”

我指着他大叫，樱井开心得眼睛发亮。

“小斑比，你还记得我的名字啊？”

“因为你一开始用的是假名嘛！不要叫我斑比！还有，信还给我！”

我想抢回信纸，但他的手举得很高，我够不着。可恶，真叫人火大，长得高的男人最讨厌了！

樱井很有兴趣地读起信。

“不要擅自看别人的信！”

“哎呀，别说这种见外的话嘛，我们都是这种关系了。”

“我可不记得我跟竹田的男朋友有过什么关系！还给我啦！”

唔……不管我怎么跳都摸不到，真是太屈辱了。

“咦？这封信是女生写的？啊，小斑比的学校是女校吧？原来小斑比是王子呢。”

“谁是王子啊！”

“你恼羞成怒的表情也很可爱喔。既然有仰慕者写这种信给你，你在学校应该很吃得开啰，太好了。”

樱井露出喜悦温柔的表情拍拍我的头。

这让我想起自己在公园哭个不停，还被他摸着头的景象，脸颊立刻羞得发烫。

我慌张地挥开樱井的手，别过脸去。

“才不是这样。这封信不是什么仰慕者写的，是跟踪狂。”

“怎么回事？”

樱井的眼中闪出精光。

我很不高兴地说起事情的经过。

这不是因为我信得过樱井，而是因为没有其他人能说。

樱井兴致盎然地听着我说话。

“喔？她喜欢的书是《蒂凡尼早餐》？品位真不错。时下初中女生读《蒂凡尼早餐》的画面还真吸引人呢。”

他如此妄下评论，还露出深深的笑意。

“所以呢？小斑比想知道信是谁写的吗？”

“当然啊，每天收到好几封这种信，感觉很不舒服，而且……”

我把“我也想跟写信的人谈一谈”这句话吞回去。

樱井满脸笑容。

“好，既然如此，我也来帮忙吧，小斑比，或许明天就能知道写信的是谁啰。”

隔天放学后。

樱井站在校门口，受到众人瞩目。

“嘿，那个人是谁啊？”

“不知道，可是好帅喔！”

“他在等我们学校的人吗？”

“对了！拍照片传给沙也加她们看看吧！”

女孩聚在远处红着脸窃窃私语，还有人偷偷拿手机出来拍照。要是平时出现可疑男子，老师们一定会立刻冲出来，今天不知为何却没有看见。明明有这么多女生在看樱井，他还是怡然自得地笑着。

在这种情况下，我能采取的行动只有转身从后门偷偷离开。

正当我转身的时候……

“喂——小斑比——这边这边！”

“！”

我吓了一跳。

樱井用力挥手，一边大喊着。

那个笨蛋！干吗这么惹人厌！

樱井踏进校门，俨然要冲进这少女的地盘。

我朝樱井狂奔而去，钩着他的手臂把他拉到路边。

“小斑比竟然主动勾我的手，太积极了。”

“少啰嗦，给我闭嘴，快点走啦！”

“听到年轻女孩对我用命令句，让我好兴奋喔。”

“哇！你干吗往我身上靠啦！哇！不要搭我的肩啦！”

“因为这是约会嘛。”

“我什么时候说要跟你约会？你不是要告诉我写信的人是谁吗？”

“嗯，所以当然少不了约会啊。”

“哪有这种事！我们学校的学生手册写明禁止男女交往，还好这次没被老师看到，但是你这么显眼，哪天害我被叫去学生指导室该怎么办啊？”

“老师已经来过了。”

“啊？”

“我说要来接亲戚的小孩，老师就相信了。啊，不过她还是谨慎地询问我的手机号码和信箱啦，我回答她‘如果老师也能把联络方式告诉我就太好了’。”

他天真烂漫地笑着。只要是女性见到那笑容，多半都会看呆吧。

更让我错愕的是这笑容似乎连老师都骗得过。话说回来，到底是哪个老师？学校里的年轻老师只有竹田，其他都有些年纪……

难道是年过四十的单身化学老师宫原？还是年近六十的学园长……唉，我光是想象就头昏，还是别想了。

“只要是女人你都喜欢吗？小心被竹田宰掉。”

“啊哈哈，她已经宰过了，我还被送进医院，差点翘辫子呢。”

“！”

我听得大惊失色，这、这是开玩笑的吧？

樱井神情泰然地说：

“我偶尔也挺希望有人因吃醋而杀我呢。”

“你、你这个被虐狂！变态！”

“看你都脸红了，真的好可爱喔。要是我在七年前遇到现在的小斑比，一定会跟你交往。”

“我宁死都不要跟你交往。是说七年前怎么了？”

他露出深情迷人的眼神，很开心地说：

“嗯……我在七年前遇见小千。”

“……”

总觉得他是在跟我炫耀。

他的意思是，因为遇见了竹田，所以不再考虑其他女人吗？

话虽如此，他还是拐骗老师、讨好初中女生，根本是言行不一，有够没节操……

“对了，小斑比……最近小千在学校的情形怎么样？”

他刚才还一副陶醉的样子，此时突然换了闲话家常的自然语气问道。

“什么怎样……跟以前一样啊。傻里傻气，笑嘻嘻的，很爱多管闲事，总是一副很愉快的模样。”

“这样啊……”

“竹田怎么了吗？你们吵架了？”

对了，昨天我在学校附近遇见樱井也是巧合吗？还是他有事要找竹田？

樱井面露看不出情绪的奇特笑容，突然变得像个成熟男人。

“没有，我跟小千一直都很恩爱。”

“喔，是吗？那你们快点结婚啊。你先放开我啦。”

我用手肘推他，他反而搂住我的肩膀拉近。

“等一下……你、你做什么啦！”

“我们还在约会喔，小斑比。”

他在我的耳边说道。

脸、脸贴得太近啦！哇！心脏干吗跳得这么快？这家伙没事长这么帅干吗啦！这是犯罪！我亲身感受到三两下就被他笼络的老师是什么心情……不对，我怎么这么随便啊！太没原则了！

“不不不不要误会了！我跟你来是为了搞清楚写信的人是谁。你说今天就会知道，应该不是在骗我吧？如果你骗我，我就要叫警察来，说你这个恋童的无业游民要对我做猥亵的事。”

我不停挣扎，樱井却抱得越来越紧，近得几乎跟我的脸颊相贴，轻声细语地说：

“真过分，我对可爱女孩是很诚实的。你看，你的仰慕者在那里。”

“咦？”

樱井悄悄指着我们前方那间服饰店的橱窗。

玻璃映出了搭着肩膀、脸颊相贴的我和樱井，以及从我们后方建筑物旁探出头来的女生……

那是我们学校的制服！而且我认识这个人！

我惊讶地回头。

那个人大概没发现自己的身影映在橱窗上，我突然转身，她来不及躲起来，吓得肩膀一抖。

“！”

我和对方四目交会。

我想自己一定呆住了。

对方也很惊讶地睁大眼睛，僵着不动。

尾端微鬈的头发、长长的睫毛和灵活的眼睛、饱满的玫瑰色脸颊。

“堀井……彩世？”

我呻吟般地说。

堀井的脸一下子红透，突然转身全力跑走。

我连追都没追，只是茫然地望着。

堀井就是送信给我的人？

隔天。

我一进到教室，就看到堀井坐在自己的位置，旁边围着跟她要好的同学，一群人愉快地聊天，传出嘻嘻哈哈的笑声。

堀井彩世是从初中部直升上来的，她的父亲在经营公司，而她成绩优秀，个性很好相处，外貌也很漂亮，是班上的领导人物。她的发型、制服穿法、随身物品都极有品位，在不违反校规的范围内巧妙地抓住流行，因此有很多人崇拜她，效法她的流行品位。

这么优秀的堀井昨天为什么跟着我？

为什么我一发现，她就红着脸逃走？

写信的人真的是堀井吗？

我想不出其他理由。

今天早上，我在鞋柜、置物柜、桌子都没看到信，这一点让我更相信堀井就是写信的人。

我好想去问堀井，但她身边太多人，我没办法靠近。

堀井没有看我一眼，自顾自地笑着。

啊啊，真是急死人了。

到了上课时间，我越来越焦虑。

第一节下课时间，我抢先在所有人之前起立，走向堀井。

坐在堀井后面和隔壁的女生都吃惊地看着我，堀井也对我投以讶异的眼神。

不是昨天那种吓得几乎停止呼吸的表情，而是好像不理解我为何走过去似的，疑惑地看着我。

这反而显得更不自然。

我看到堀井放在桌上的笔记有着跟那些信同样漂亮的字体，心脏跳得更快。

堀井果然是写信的人……

“我、我问你，昨天我们在校外见过面吧？”

堀井若无其事地收起笔记，回答：

“喔？是吗？我的视力不好，没注意到。”

她的声音不太友善。

不是故意装得冷漠，而是对我说的话毫不关心似的冷淡声音。

我突然感到心寒。

“不是你自己写信给我的吗？”

我责备般地说。

“你在说什么？我不知道。”

堀井说完便转头对其他女生说话。

“对了，我发现有间店的甜甜圈很好吃，放学后要不要去看看？”

“喔，好啊。”

“我也要去！”

堀井身边围了一圈嘈杂的人，我完全被排除在外。

放学后，我去图书室找《蒂凡尼早餐》。

今天一整天堀井都对我视若无睹。

她昨天明明红着脸逃跑，今天却像没事一样挂着灿烂的笑容，脚步轻快地从我面前走过。

我很气堀井这种态度，但也很好奇她为何表现出这种态度。

为什么堀井每天写好几封信给我？为什么隐瞒这件事？

为什么她写信表示想跟我说话，却又漠视我？

堀井说她喜欢的书是《蒂凡尼早餐》，觉得女主角霍莉和自己很像，看到霍莉的言行举止就很有同感。

我在阅读区的椅子坐下，翻开镶着金框宝石绿的封面开始阅读。

所谓的蒂凡尼，就是专卖银饰的精品店蒂芙尼（Tiffany）。即使是很少看书的我都听过“蒂凡尼早餐”这个书名，也知道电影版是奥黛丽·赫本主演的。

赫本和堀井的确有点像，她们的眼睛都很大，令人很有好感。对了，堀井的读音是“holii”，跟霍莉（Holly）一样，或许是因此更让人觉得相似。

我一边思考，一边翻书，脑中想象的霍莉有时变成赫本，有时又变成堀井彩世。

主角是立志当作家的青年。

他天性善良，不甚灵巧，就像时下常听见的“草食系男子”。

霍莉跟他住在同一栋公寓，信箱的名牌上写着“霍莉·葛莱莉小姐”以及“旅行中”的字样。

活泼善变又可爱的霍莉在男人之间自由来去。她有贪心的一面，却又充满少女情怀，让人无法讨厌，过去的经历则全是个谜。

主角对这样的霍莉有了好感。

霍莉也很依赖他，对他十分亲切，却没跟他成为真正的情侣。

她一直很喜爱别人送她的闪亮珠宝。

有个角色是这样说霍莉的：

“她是个假货。”

但对主角而言，霍莉并非假货，而是个活生生、现实的、有魅力的女性。对方回答这个说法也没错。

“因为她是真货的仿冒品。她打从心底相信赝品是真货，任谁都说不动她。”

我好像可以理解。

霍莉不是幻想中的女子。她活力旺盛，想做什么就做什么，是个会让人感到“现实世界确实有这种人”的真实女子。

不过，霍莉却没帮疼爱的猫咪取名。

霍莉说自己没资格帮这只猫取名，自己跟它都不是别人的所有物，是独立的个体，在找到归属之前她不想拥有任何东西……

“那会是个像蒂芙尼一样的地方。”

“你想，有时心里不是会出现讨厌的红色吗？”

“讨厌的红色是更可怕的东西。你会突然觉得很害怕，吓得直冒冷汗，却不知道自己在怕什么。”

“只觉得会发生什么坏事，却又不知道是什么坏事。你也有过这种感觉吧？”

男主角告诉她，那叫“Angst（不安）”。

霍莉又问：“要怎样消除那种感觉呢？我试过酒精、阿司匹林、大麻，但最有效的还是拦一辆出租车去蒂芙尼。”

“这么一来，心情会立刻平静下来。店内安静、高贵的装潢，让人觉得只要在这里就不会发生坏事。”

霍莉表面上很轻浮，内心却藏着伤痛和不安。

后来霍莉的丈夫出现，渐渐揭露她的过往。

霍莉因为和犯罪扯上关系，在即将被警察逮捕之前逃走，消失在主角面前。

我阖起书，叹了一口气。

堀井是以什么心情在信中写下自己和霍莉很像？

堀井彩世这个女孩跟霍莉一样有魅力、个性开朗、善于交际，是大家注目和谈论的焦点。

但是，她会不会也像霍莉那样，心里出现讨厌的红色呢？

她是不是像霍莉一样藏着秘密呢？

“唔……真搞不懂。”

不管我再怎么思考堀井的事，也只是我自己的想象。

我对堀井根本一点都不了解。

想到最后，还是只能直接跟她谈谈。

我把《蒂凡尼早餐》放回架上，走出图书室。

“该怎么找堀井说话呢……”

从堀井今天的态度看来，要找她说话简直比数学考满分还难。

我歪着头走在走廊上。

“喂！小仔鹿！”

竹田迎面而来。

我睁大了眼睛。

因为竹田的怀里抱着一个穿着怪兽婴儿服的小娃娃。

“嘿嘿，人家是小优喔。吼！”

“这、这婴儿是哪来的？难道……”

“是我的孩子啊！”

“咦？”

难难难难难道孩子的父亲是樱井？

我慌了手脚，其他女生围了过来。

“啊，是小宝宝耶！”

“好可爱！”

竹田笑嘻嘻地说：

“这是还在请产假的横山老师的小孩，他是男生，叫做优人！我想让大家看看他，所以借来抱一下。”

等一下，竹田！你刚刚不是说这是你的孩子吗？

我虽然感到生气，但是婴儿呀呀笑着、朝我伸手的模样实在太可爱，把我的心思都拉走。

“小优好像很喜欢小仔鹿呢！”

“咦？是、是吗？”

我轻轻把手伸过去，和他的指头相触。他用乌黑的眼睛仰望我，又呀呀地笑了。

哇，太可爱了！

“嘿嘿，优人真是个好孩子！”

“竹田，也让我抱一下啦……”

“喔！该怎么办呢？”

“小千，我也想要抱！”

“我也要！”

“小优真是万人迷呢！可是这么多人围过来会吓到他喔！”

竹田笑吟吟地望着婴儿的脸，大家异口同声地发出不满的声音，这时……

“啊，彩！”

我吃惊地抬起头。

肩膀挂着书包的堀井站在一旁。

“横山老师的宝宝在这里喔！彩也过来看嘛！”

堀井分毫不动，脸色发青，脸孔僵硬，眼中闪现锐利的光芒。

我本来以为是因为我也在场，才让她不高兴。

但我猜错了，她的态度很奇怪。

“小彩，怎么了？身体不舒服吗？”

竹田担心地走过去。

这一瞬间，堀田像是要推开竹田似地伸出双手，大叫：

“别过来！讨厌！别把婴儿抱过来！”

堀井的声音尖锐，还恐惧嫌恶地扭曲脸孔。

婴儿顿时开始哇哇大哭。

堀井呆了一下，立刻慌张起来。

“我、我感冒了……可能会传染给婴儿……对不起！”

她颤声说完就跑走。

“彩！”

堀井的朋友追了过去。

婴儿发出响彻走廊的哭声，竹田拼命地哄着他，一边还喃喃说着：

“小彩是怎么了呢？”

我跟昨天一样，只是愣愣看着堀井跑走的方向。

我是不是也该追去呢？可是，我又不是堀井的朋友……

我如此想着，始终没有动弹。

竹田把婴儿抱走，我也准备回家。

鞋柜里没有信。

我有点难过地走出校门，立刻有人抓住我的双肩。

“！”

是色狼吗？我这样想着，回头却看到樱井笑眯眯地站在后面。

“嗨，小斑比。你跟小蒂芬妮相处得顺利吗？”

我一拳揍向樱井的腹部。

“喔！怎么突然动手？”

樱井弯下腰，苦笑着说。

我气恼地皱着脸回答：

“一点都不顺利！我实在搞不懂她！”

樱井带我到附近的快餐店。

“想点什么尽管点，我请客。”

“只不过是快餐，神气什么？”

虽然我话中带刺，其实心里很感谢他愿意听我说话。

我一边吃汉堡、薯条、苹果派一边说话时，樱井始终撑着脸颊认真地听。

真叫人生气。

他平时不过是个只有好看这个优点的轻浮男人，这种时候却很懂得倾听。

“堀井她……为什么看到小宝宝会那么害怕？她不像是这种人啊，她开朗又聪明，也很受欢迎。

“她那样忽视我让我好难过，觉得自己很悲惨，胸口好痛。

“虽然我打算忘了那些信，不再理她，却又去图书室看《蒂凡尼早餐》。

然后我又忍不住想着，堀井是不是跟霍莉一样藏着不能告诉别人的烦恼。我真像个笨蛋……”

一说出这些事，我就被自己的话刺伤，心里好痛。

真是太蠢了。

不过我在学校里没有朋友，所以还是有点期待收到信。

“小斑比不是笨蛋。”

坐在我对面的樱井眼神温和地说。

“有什么关系，会想得这么认真，是因为你对她很诚恳嘛。小斑比一定很想跟小蒂芬尼当朋友吧？”

“别、别帮堀井取奇怪的绰号啦！话说回来，不管我再怎么担心，堀井继续忽视我的话一样没用。她对婴儿会有那种反应，说不定真的是因为感冒……”

“是吗？”

“一定是的，没有人会讨厌婴儿吧？”

“小千就很讨厌啊。”

“咦……”

樱井不用吸管，直接喝起可乐。

“会讨厌到起鸡皮疙瘩喔。或许该说是她很不会应付，看了就想吐，完全不觉得小婴儿可爱……”

“骗人！竹田明明那么疼爱横山老师的小宝宝耶！又是抱又是磨蹭，还笑得好开心……”

我突然住嘴，因为樱井对我露出明显的苦笑。

“她就是因为没办法对婴儿有好感，没办法自然地想抱……所以觉得很羞耻。”

我想起前阵子那个晚上，在公园里见到竹田像人偶一般面无表情，背都凉起来。

“因为没办法跟别人有同样的感觉，她觉得好羞耻、好羞耻……甚至想死。”

我畏惧地问：

“没有同样的感觉……是指她没有感情？”

像人偶一样？

“不，痛苦、伤心、难受这些感情她多得是，但多数人会感到同情的事、会觉得可爱的东西，她都没办法有同感。小斑比看到婴儿是不是觉得很可爱，很想抱抱看呢？”

“呃……嗯。”

“如果除了你以外，所有人都觉得婴儿不可爱，讨厌到不想看，那你会怎么想？”

“不、不知道，大概会很惊慌吧。”

小宝宝那么可爱，又软绵绵的，是让人很想保护，很幸福的生物……我没办法不喜欢他们。

但是，如果只有我一人觉得可爱，大家却都觉得厌恶的话，或许是我不正常，大家那样才正常。我可能会烦恼地这么想，八成也不敢说我觉得婴儿很可爱。

跟别人没有共同感受，一定是很可怕的事。

竹田就是这样吗？

我手心渗出冷汗，低声问道：

“学校里的竹田……不是真正的竹田吗？”

樱井的回答干脆到使我愣住。

“不，那也是真正的竹田千爱。”

接着，他露出淘气的表情。

“刚才说的是我和小斑比之间的秘密喔。因为小千很喜欢小斑比，所以我也想让小斑比多知道一些小千的事。”

“啊？喜、喜欢……”

竹田对谁都是那个样子吧？对谁都很亲密，神情开朗，软弱散漫，随时在傻笑。

“总之就是这样，人都会有另一面，小蒂芬妮或许也是。我觉得那并不是骗人，不论哪一面，都是那个人真正的模样。至少我对小千的每一面都很喜爱。”

樱井幸福地眯起眼睛。

口气虽然轻佻，表情却带有深深的甜蜜和温柔。

我不由得心跳加速。

“小斑比也一样，如果你跟表面的小蒂芬妮和隐藏的小蒂芬妮都能当朋友就好了。我觉得小蒂芬妮是希望你能了解她，才对你送出 SOS 求救信号喔。”

堀井在求救？向我求救？

樱井后来又嬉皮笑脸地说了一堆话，像是春树翻译的《蒂凡尼早餐》最棒；《蒂凡尼早餐》的味道就像银盘上的司康饼涂上花生酱，吃完还会有余香留在嘴里，心中如着火般蠢动；作者卡波特的《另外的呼声，另外的屋子》也很不错……

隔天，堀井从早上就不太对劲。

我想找她说话时，她只是抿紧嘴唇、眼神凶狠地走开。她的脸色比昨天更苍白，连她的朋友都担心地说：“彩，你是不是早点回家比较好？”

她却拒人于千里之外，冷冰冰地回答：“……我不想回家。”

这跟她昨天大喊“别把婴儿抱过来”是不是有关呢?

我和堀井的座位分别在教室的不同角落。

我转头去看窗边的堀井，发现她握紧放在桌上的双手，咬紧牙关。

——我觉得小蒂芬妮是希望你能了解她，才对你送出 SOS 求救信号喔。

是这样吗……想起樱井说的话，我的心就痛如刀割。可是，我光看那些信又不知道堀井希望我怎么做。

我忧愁地看着堀井，她突然也望向我。

那像是求助般的脆弱眼神。

我的心跳差点停止，肩膀猛烈一抖。

堀井跟我对望，瞬间露出惊讶的表情，然后狠狠地瞪着我。

可是她的脸却渐渐变得像哭脸，然后又慌张地低下头。

该怎么办?

我压抑不住皮肤刺痛的感觉。

好想立刻去问堀井，问她“你到底怎么了”。

放学后，我立刻走向堀井的座位。

堀井似乎猜到我的行动，便转身背对我，跟隔壁的女生说话。

“……仔鹿真让人火大。”

那是细微低沉的声音。

我走到堀井身后，猛然停下脚步。

听堀井说话的女孩非常紧张。

“喂，彩！”

堀井像是被什么逼迫似的，眼神阴暗地继续说：

“她老是摆出一副自己跟别人不一样的态度，不把别人放在眼里，现在却突然卑躬屈膝地跟人打招呼……现在才开始这么做也太迟了吧……”

堀井的低语刺伤我的心，血液仿佛从我的体内退去。

卑躬屈膝？太迟了？

她真的这样想吗？

“我写信给仔鹿，说我一直在注意她，想要戏弄她……一般人收到这种信，一定会觉得很恶心……没想到她竟然很开心……”

指尖的热度渐渐冷却。

我不知道自己怎么还站得住。

“别、别再说了，彩！”

教室中一片寂静，大家都看着我们。

堀井依然没有停止。

她好像还没说够似的，继续吐出伤人的话语。

“你们也不要跟仔鹿说话，毕竟是她先漠视我们的嘛，这个班上才没有仔鹿里佳这个人。”

我收到信时是那么开心……

因为有人注意到我……

结果竟然是在耍我？

堀井还嘲笑为此感到开心的我？

叫大家别跟我说话的就是她？

我说“早安”，大家却转开视线假装没听到，都是她害的？

我是那样认真，堀井却是在耍我？

既然如此，她干吗用那么脆弱的眼神看我？干吗写信说自己像《蒂凡尼早餐》的霍莉？她真的只是在耍我吗？

发冷的身体又渐渐变热，脸颊和脑袋都像烧起来似的，眼前突然一片红，我忍不住朝堀井走去，打了她一巴掌。

清脆的声音响起，同学都瞪大眼睛。

堀井也震惊得后仰，几乎跌下椅子，愕然地看着我。

"别开玩笑了！"

我破口大骂，音量大到几乎让喉咙裂开，迸出血来。

"在我的桌子和鞋柜放了那么惹人误会的信只是为了戏弄我？你少骗人！"

堀井眉毛一挑，站了起来，也还我一巴掌。

"我什么时候骗过人？"

我又挥了一巴掌过去，手上传来"啪"的一声。

"那你干吗一看到我就要哭不哭的？"

堀井揪住我，又是扯头发，又是踩脚，还踢了我。

"你看错了！你不只是脑袋差，连视力都差！"

她那只脚的规矩才差咧！我不肯示弱地踢回去，拉着她的头发，连续扇她好几个耳光。

她也一样乒乒乓乓地还手，最后我们倒在地上，激烈地扭打。

堀井的眼睛闪出锐光看着我，我也没有退缩。

"想要人家帮忙就说出来啊！"

"谁、谁要你帮忙啊？"

堀井推开我爬起来，抓起椅子高举过头。

“小彩，暂停。”

竹田来了，她走到我和堀井之间。

我和堀井都停止动作。

竹田对着举起椅子的堀井露出轻松得让人脱力的笑容。

“真是的！我听说小彩和小仔鹿在玩摔跤，吓了一跳呢。这种游戏不可以在教室玩喔！要先有老师的许可，才能在体育馆之类的地方做喔！”

“……”

堀井浑身颤抖，她的眼中浮现暴躁的神色。

“小彩，如果你想跟小仔鹿玩，等到放学后老师再陪你们玩吧，老师会详细听你跟小仔鹿说话。啊，来泡一壶我珍藏的焦糖红茶吧。”

竹田跟平常一样和气地笑着。

下一瞬间突然发出“磅”的一声，玻璃窗碎裂。

因为堀井把椅子砸向窗户。

“你、你……”她全身发抖，以暴怒的表情和语气大喊，“你懂什么！”

堀井冲出教室。

这次我毫不迟疑地追过去。堀井的眼神和语气都太不寻常了！我不安得胸口几乎碎裂。

竹田也跟在我后面跑。

堀井裙摆翻飞，冲过走廊，跑下楼梯。

第二堂课的钟声响起。

“小彩，等等啊！”

“堀井！”

我喊着她，她像是没听到一样，还是不停地跑。

搞什么，堀井竟然跑得比我快？

看到她三步并做两步冲下楼的动作，我越来越担心，甚至背上发痒。

堀井似乎已经不管危不危险，或是会不会受伤。

她没换鞋子便直接跑出校舍，从操场一路直奔校门，速度快到身体往前倾。

前方斑马线的号志灯是红的，横向车辆呼啸而过。

但是，堀井没有停步。

“危险啊！堀井！”

车子喇叭声响起。

汽车在千钧一发的时机停住。

堀井继续跑。

堀井、堀井，你到底是怎么了？是什么事让你这么自暴自弃？

我吓得心脏差点停止耶！

竹田突然瘫倒。

“怎、怎么了？竹田！”

竹田眼神空洞地盯着地面，轻微地颤抖。

“竹田，喂！竹田！”

我去摇她，她看着地面，挤出声音回答：

“没……没事，只是有点头晕。小仔鹿，你快去追小彩。”

我很犹豫，觉得不该丢下身体不适的竹田。

可是，没人知道现在的堀井会做出什么事。

“我马上回来！”

说完之后，我继续去追堀井。

堀井丝毫不显疲劳，抓狂似地爬上坡道。

前方有一座盖在铁路上方的陆桥。

堀井爬了上去，眼看就要翻过栏杆。

“不要做傻事啊！堀井！”

我跑得上气不接下气，大喊着冲上楼梯。

“闭嘴！别过来！”

“到底发生什么事？不要冲动，把事情告诉我啊！”

堀井的脚还跨在栏杆上，她用力摇头。

“你们什么都不懂！”

胸中好像有某种东西爆开，哀伤痛苦的心情一股涌出。

我在堀井面前大叫：

“你何必这么说？我去图书室借《蒂凡尼早餐》读过了！因为你说喜欢《蒂凡尼早餐》！还说霍莉跟你很像！我是这么地想了解你耶！你别丢来‘你们什么都不懂’这种话啊！不管我懂不懂，如果你什么都不讲，我当然连一丁点都没办法懂啊！”

堀井望着我，眼中含泪，头发纷乱地贴在脸颊上。

“你不会懂的，因为爸爸和妈妈也是……初出生以后我是怎样的心情，他们一点都不懂！知道有了初以后，他们只顾着还在肚子里的宝宝……完全没把我放在眼里！”

“初……是你的弟弟？因为爸爸妈妈被小宝宝抢走，你就开始自暴自弃？你也太幼稚了吧……”

堀井的脸孔扭曲，悲痛地大喊：

“因为我不是爸爸妈妈真正的孩子啊！”

咦？我语塞了。这……是怎么回事？

“我、我跟他们不是真正的一家人，因为妈妈生不出孩子，所以我还小的时候就被堀井家收养，之、之前一直待在育幼院……因为我是弃婴，连真正的父母是谁都不知道……”

脑袋好像被人连续敲好几下，我受到极大的冲击。

堀井是养女？

《蒂凡尼早餐》的主角发现霍莉的过去时，是不是也有这种心情？

“我一直很害怕，如果不乖一点说不定会被送回育幼院。就像霍莉一样，心里充满讨厌的红色，怕得不得了，半夜都会满身大汗地惊醒。我、我初中的第一次生日，爸爸还特地跟公司请假，庆祝规模比以前都盛大，我还以为自己终于成为堀井家的孩子……结果妈妈却高兴地说‘有小孩了，明年就会出生’……后来我每天都过得如坐针毡啊！

“初生下来以后情况变得就更加严重！我烤了戚风蛋糕时，爸爸妈妈也不再像以前那么高兴。初笑了，他们就只注意初，完全没发现我泡的红茶冷了。我晚上不睡，早上睡过头迟到，他们也不骂我，只顾着喂初喝奶。

“这都是因为初是爸爸妈妈真正的孩子，而我不是，所以他们根本不想管我！”

为什么堀井在信中说自己跟霍莉很像？

为什么她会怕竹田抱的婴儿？

因为堀井觉得自己跟霍莉一样是个假货。

霍莉小姐在表面上是个开朗又交游广阔的大红人，其实却是个赝品，堀井自己比谁都了解这一点，所以对心中逐渐扩张的红色感到苦恼。

堀井的父母为她弟弟取“初”这个名字，一定也打击到她。

因为这个名字代表他是堀井父母第一个生下的孩子，是最初的婴儿。

一想到堀井的心情，我什么话都说不出来。

我没有堀井那样的经验。

可是、可是……在我被带到奇怪的工作室并被竹田解救之前，我也觉得“班上的人都不了解我”。

不过，根本不是这么一回事！

一定要说些什么才行！堀井好像随时会翻过栏杆，跳下铁轨。

“堀井，你先回这边啦！你写信给我是因为想跟我说话吧？我也想跟你说话啊！这样或许能让我更了解你。我也想多知道一些你的事！堀井，你一直在注意我，应该知道我收到信很开心吧？我很想要朋友，我经常逃课也是因为在教室里都是孤单一人，觉得很寂寞。

“可是，我很想在那里……在学校里交到朋友啊！

“所以你快回这边吧，堀井！”

堀井表情软弱地叫道：

“太、太晚了，我一直在伪装……还做了那种事，我已经没办法再去学校，也不想再去！”

“这点我也一样啊。”

“不对，你……很坚强！你终究还是不懂，谁都不了解我的心情……我只想死！”

堀井举起另一只脚跨上栏杆。

“堀井！不行啊！”

我吓得心脏冰凉，正要冲过去时……

“是啊，我是不懂。”

那是没有抑扬顿挫的冰冷声音。

堀井停止动作，眼睛睁大，我也回头望去。

站在那边的是表情像人偶般空虚的竹田。

跟那晚一模一样。

虽然在夏季艳阳下，我却觉得空气突然变冷。

她的表情是那么死板、平淡、空洞……

“我不懂小彩为什么想死，也不懂小彩在烦恼什么，在闹什么脾气。”

堀井用不敢置信的眼神凝视着竹田，微微张开的嘴唇颤抖着。

竹田朝堀井走近。

一步，又一步。堀井的脸上出现畏惧。

“小彩感觉到的痛苦、难过、悲伤、寂寞，我一点都不懂。即使小彩从那里摔下去，被电车碾得爆出内脏，变成零零碎碎的尸体，我也没有任何感觉。”

竹田已经走到堀井所在的栏杆前。

她又走了一步，表情冷淡得吓人，我不禁怀疑她会突然伸手把堀井推下陆桥。

堀井倒吸一口气，像是请求饶恕似的，喃喃念着：

“不要，我不想死……”

我大叫：“既然如此就快回来这边啊！堀井！”

她犹豫地看着我，我向她伸出手。

“快过来！堀井！”

堀井又看看竹田，战战兢兢地缩回跨在栏杆另一边的脚。

这时有辆电车从陆桥下方冲过。

堀井被这声音吓得双手一滑，身体往外倾。

“堀井！”

电车的轰然巨响压过我的声音。

汗水流进眼中，视线一片模糊。

这段时间或许不到一秒，我却感到这瞬间有如经过好几个小时。

在我模糊的视野里，堀井的身体像慢速播放的影片般缓缓往铁轨落下。

她扭曲脸孔，张大嘴巴呼救。

伸出的双手。

还有紧紧抓住她的两只手。

那双手拉回堀井，她从栏杆翻了下来。

我听见“砰”的一声。

我用手背揉揉眼睛，视野突然明朗，我看见仰天倒在陆桥上的竹田，还有趴在她身上的堀井。

竹田的四肢摊开，冷眼望着天空。

堀井攀在竹田身上哭喊：

“不要，我不想死！不想死！不想死啊啊啊啊！”

然后，仰躺的竹田仍以人偶般空虚的眼神看着蔚蓝的天空……

好像抱着什么珍贵的事物。

她轻轻地拥住堀井。

“……既然如此，就别再做这种事了，小彩。”

那缺乏抑扬顿挫的声音淡淡地说。

回学校的途中，堀井一直在啜泣。

我跟她并肩走着，握住她的手，她也僵硬地握住我的手。

如今我还是不知道该跟堀井说些什么。

堀井大概也一样吧，她的迷惘从我们相握的手上传过来。

话虽如此，我们还是一直握着彼此的手。

竹田仍然面无表情地保持沉默。

我不知道竹田在想什么。

樱井说过“小千没办法跟别人有同样的感觉”，还说她为此感到羞耻。

竹田现在还是觉得羞耻吗……

可是，竹田阻止了吵着要寻死的堀井，把她拉回来。

看见校门了。

堀井一定很怕见到大家，跟我相握的手抓得更紧，因此我也用力一握以鼓励她。

——没关系，我会陪着你。

这时，有个年轻男人从校门旁站起。

那个人对我们挥挥手，悠哉地笑着。

是樱井！他又来学校了！

这次他又想干吗？

而且还选在这种时机？

疑问陆续浮现。

我慌张地换了好几种表情，一旁的竹田仍表情空洞地继续走。

她的脚步稍微加快，超越了我。

樱井温柔地眯起眼睛，带着甜美的笑容走过来。

竹田的脚步更快了。

从竹田的背后看不出她现在是什么表情，或者她是用怎样的眼神看着樱井，但她快步走着，似乎想快点到达樱井身边。

樱井跨开一双长腿慢慢走近，眼神越来越柔和、闪亮，嘴边也浮现幸福的笑容。

竹田最后开始小跑步。

“那个……是谁？”

堀井呆呆地问。

“竹田的……”

我正想说那是竹田的男朋友，樱井就展开双手，灿烂地笑了。

竹田冲进他的怀里，樱井怜惜至极地搂住她。

竹田在樱井的胸口磨蹭，樱井抱住竹田，把她的头拥近，脸贴在她的脖子上。

两人的身体相叠，手指抓皱了衣服，一人踮起脚尖，一人弓着背，男人的头发贴在那纤细的颈子上。

我们茫然地望着这幕只有在电影或连续剧里才看得到的激情画面。

但也不能一直这样站下去。

我跟堀井尴尬地互望对方一眼。

两人红着脸用眼神交谈，“怎么办”、“要过去吗”、“嗯，让其他老师发现就糟了”，然后牵着手慢慢走近。

然后，我们听见竹田的啜泣声。

“我……想要阿流的孩子……”

樱井挂着有如得到世上所有幸福的表情，答道：

“嗯……”

看到那么刺激的爱情画面，真是令人全身虚脱。后来的某天，堀井一边吃着洒满肉桂粉的甜甜圈，一边瘪着嘴说。

“你不觉得我们愣在那里就跟笨蛋一样吗？在那之前我一直担心，要用什么表情去见大家，如果学校联络了我的父母该怎么办，结果一看到那个场面都忘光了。”

"就是嘛，在学生面前也不收敛一点。"

"回到教室以后，她又变回平时那个傻乎乎的样子。"

"那种变身能力真可怕。"

"我在桥上的时候，还以为真的会被她推下去耶。"

堀井鼓着脸颊说，接着突然正色喃喃说道：

"……虽然小千平时那么散漫，像个孩子一样，但是她把我拉回来了。"

"……是啊。"

"小千到底是怎样的人呢？"

"不知道。可是，我觉得面无表情的竹田和散漫的竹田都是真的。就像是在教室里装乖孩子的堀井、在这里对我抱怨的堀井，和失去自信、畏畏缩缩的堀井，也全是真的堀井彩世啊。"

"喂！你说谁畏畏缩缩啊！"

堀井又挑起眉梢。

在这几天之中，我意外地发现她很容易发怒，但也会立刻自我反省、情绪消沉，还会逞强地装做若无其事。

"其实我在高一就注意到你了。"

那场动乱的隔天，我们两人一起向班上同学道歉，写了悔过书，还得罚扫校长室……堀井一边拖地，一边红着脸告诉我。

"高二同班以后，我还是继续注意你，因为你不跟任何人成群结队，好像不在乎独自一人。我真的觉得你好强悍。"

“可是你突然开始笑嘻嘻地跟别人打招呼，我觉得很生气，就叫大家不要跟你说话，因为我不希望你跟其他人走得太近……”

“爸爸妈妈已经被抢走了，我怕连你都会被别人抢走。”

所以就排挤我？真是服了她。

可是看到她缩着身体，泪眼蒙眬、浑身颤抖地说“对不起”，我的心头都揪紧。

我也实在服了自己，简直像《蒂凡尼早餐》的主角一样好骗。

堀井的确很像霍莉。

我们慢慢了解彼此，过了几天，已经会在放学后一起去甜甜圈店，稀松平常地聊着天。

我问她家里的情况。

“还是一样整天顾着初。”

她皱着脸说。

“可是我不像以前那么不安了。你和我的父母不是都被找去学校吗？那天我回家以后，被爸爸打了一巴掌，我从小到大都没被他打过耶，妈妈也哭着骂我。我心想，啊啊，我们就算没有血缘关系也是一家人，否则他们不会这么生气。想到这些，心情就轻松许多。”

“就是呀，我也被痛骂一顿呢，这个月的零用钱还得减半。”

“哇！好惨！”

“所以，你要再请我吃一个甜甜圈。”

“等一下，我这个月的手头也很紧啊。”

两个人吵吵闹闹的。

堀井和我或许都像霍莉一样，都在找寻自己的安居之所。

不对，不只是我们，学校和这个城市里想必也有很多“旅行中”的人。

——如果能在现实世界找到一个像蒂芙尼那样令人安心的地方，我就要买家具，还要帮猫取名。

大家都是这样，怀着梦想找寻自己专属的蒂芬妮。

在《蒂凡尼早餐》里，霍莉曾经胡作非为，还成为逃亡的罪犯，故事最后却异常地光明。

主角在几年之后听说霍莉好像去了非洲。文中叙述的霍莉比过去活得更自由奔放，积极灿烂地过着自己的人生。

霍莉如今仍在“旅行中”吗？我不知怎地想起竹田和樱井甜蜜蜜的爱情画面，突然有点害羞，又觉得温馨。

“你说，小千会不会跟那个没工作的帅男友结婚啊？”

“唔，大概会先上车后补票吧。”

大家一定会吓到。

即使如此，竹田还是会笑眯眯的。

我想象着竹田和樱井手牵着手，带着跟他们两人很像的孩子，两人都是一脸幸福的景象。心想或许会有那样美好的未来，不由得露出微笑。

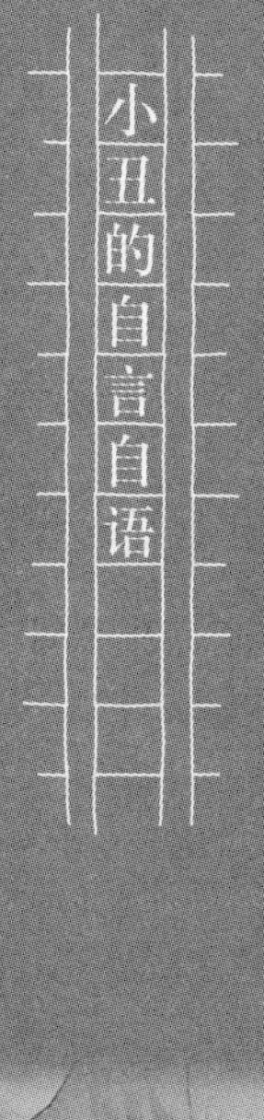

小丑的自言自语

“喔，大汉堡有优惠耶，要不要吃啊，悠人？”

“父亲，刚刚才吃过巧克力百汇耶。”

“那是点心啦，现在要吃的是晚饭。”

“不用了，晚餐最好还是在家吃。”

“你一个小孩说话干吗这么正经？麻贵一定不让你吃快餐吧，让父亲来教你什么是庶民的味道。”

“我刚才问父亲什么时候要找工作，父亲还没回答我呢。”

“喂！这不是小学生该问的问题吧！”

七月的周六。

我茫然地看着阿流在汉堡店前跟小男孩说话。

那个跟阿流牵着手，长得很像阿流的是悠人吗？他已经长得那么大了？

“咦？小千？”

阿流看到我后，立刻笑容满面。

我也嘿嘿一笑。

“你今天带悠人出来玩啊？”

“是啊，本来想去游乐场或游乐园，结果他却说要去美术馆，还在画前大发评论，真是败给他了。小千是第一次见到悠人吧？”

“嗯。你好，悠人。”

我弯腰微笑地说，悠人朝我一鞠躬。

“我是姬仓悠人，感谢您如此关照我的父亲。”

他用有些大舌头的声音说。

“哇，很有礼貌呢，真了不起。”

“一点都不像小孩，受不了。”

“父亲可能给您添了很多麻烦，还请您别抛弃父亲。”

“喂，别多嘴！”

“啊哈哈，真搞不懂谁才是大人呢。”

后来我很快就离开，但我的心里一直躁郁不安。

这种感觉究竟是怎么回事？

天气热得连柏油路都要冒出蒸汽，我满头大汗，心情忐忑地走着。

为什么看到那个孩子会让我这么震惊？

阿流平时动不动就跟我提起悠人啊。

像是悠人已经会爬；他希望悠人叫他“爹地”，悠人却只叫他“父亲”；悠人是个跟他长得很像的美少年；悠人的个性跟麻贵一样神气，每次见面都会催他快点去找工作……

虽然阿流嘴上抱怨，但那喜悦的眼神和兴奋的语气，彻底表现出在他高二就生下的孩子是多么惹他怜爱、多么令他骄傲。

我什么都感觉不到。

一般人会觉得可爱的小孩和小动物，我也丝毫不觉得可爱。

我在读小学时，亲戚家里生了婴儿那次也是。大家都围着婴儿说“好可爱喔”、“好像妈妈喔”、“不对，眼睛比较像爸爸啦”，又是直盯着看、又是抢着抱，我却羞耻得胃都痛了起来。

因为大家都觉得可爱，我却没有那种感觉。

无论我怎么说服自己那很可爱，心里还是渐渐变空、变冷。

啊啊，为什么我老是这样呢？为什么大家都觉得开心或悲伤的时候，那种“空洞的时间”就会到来？

我觉得好羞耻，不敢让任何人发现这件事，拼命戴着骗人的面具，对婴儿笑着说“真的好可爱喔”，还抱住婴儿。

这更让我觉得羞耻，说谎造成的罪恶感几乎快要爆发。

但是阿流说，说谎的我和空洞的我他都喜欢。

我在阿流的面前说谎也不会觉得羞耻。

阿流都知道，我一向笑嘻嘻地听他说悠人的事，其实根本漠不关心。

就算阿流跟姬仓学姐生下孩子，他仍然属于我。

我可以确信，这是不会改变的。

所以，我至今从没见过悠人。

悠人还是个小婴儿时，阿流问过我“小千也去看看他吧”，我都回绝说“不用了，我很不会应付婴儿”。

没想到，现在竟然跟长得这么大的悠人不期而遇。

而且悠人跟阿流小时候的照片很像，活脱脱是个从照片里蹦出来的小学生阿流，这一点更让我感到震撼。

毫无疑问，悠人是阿流的孩子。

我早就知道这点，现在却这么不安。连我都搞不懂自己为什么会这么惊慌，黏在体内的不快感觉逐渐增加。

为什么见到悠人会让我这么在意……

我不想找出答案。

铃声响起，我从包包拿出手机一看，是阿流传来了短信。

他说送走悠人以后就会回家，要我做晚饭。

我稍微松一口气，然后直接走向超市。

思考晚餐菜色时，就不用再为悠人的事烦心了。

“这、这也太丰盛了……”

阿流看着餐桌，睁大了眼睛。

桌上有清蒸芜青虾丸、洒上碎鳗鱼和蛋丝葱花的鳗鱼饭、鲷鱼莲藕芦笋天妇罗、烫山蔬、盐烧鸭肉配银杏、加了一点酒的蛤蜊清汤，每一种都是分量十足，就连甜点的柚子果冻都做了一大碗，每个季节的食材都有。

“嘿嘿，为了预防暑气病，我想让你多补充一些营养嘛。”

“这样啊。每种看起来都好好吃，等一下也送去妈妈的工作室吧。”

“嗯，好啊。”

“那我要开动啰！”

阿流吃了很多，差点吃光要送去给母亲的那一份。

在吃饭时，他谈起悠人的事。

譬如“悠人像我一样是个帅哥吧”，或是“他那种超龄的个性真让人不知道该怎么办”之类的。

跟平时一样，他说得眉飞色舞，语调兴奋。

“真的……跟阿流很像呢……”

我冷冷地说完，突然惊觉不对。

阿流好像瞬间露出很在意的表情，但很快又恢复平时的活泼模样，继续说话。

阿流很敏锐，说不定已经发现了……

我拼命地挤出笑容。

笑着笑着、笑着笑着，我由衷期盼自己的笑容是真的。

收拾完餐具以后……

“小千，今天住下来吧。”

阿流如同往常地要求。

“不了，我要回去。明天是星期一，而且……”

我轻轻挣脱阿流搭在我肩上的手，笑着回答。

“如果有了小孩会很麻烦的。”

阿流像是胸口被戳了一记，陷入沉默。

“嘿嘿，那我走了，拜拜啦！”

我挥挥手，离开阿流的家。

我在夜路上边走边思考。

思考我一想起悠人就躁郁不安的理由……

我想，一定是因为我开始想象自己生下阿流的小孩。

不可能有那种事。

我才不想要小孩，只要有阿流就好。

可是……可是，假如谨慎预防之后还是有了孩子……那我能像个母亲去爱生出来的孩子吗？我会真心觉得孩子可爱吗？

如果面对自己亲生的孩子，心里还是空荡荡的……如果一点都不觉得可爱……如果我只觉得孩子是个光会哭闹的温暖肉块……我不就真的没资格当人了吗?

心脏痛得像被捏紧，全身冷汗直流。

我的表情空虚，走在没有月亮的漆黑夜晚里。

我才不要什么孩子、才不想看到阿流和我的孩子……

我在心中一再地说。

“……想说什么就跟我直说嘛！我还是讨厌女校。”

隔天放学后，来资料室帮忙钉影印纸的小仔鹿气呼呼地说。

小仔鹿目前受到班上同学排挤。

“嗯嗯，有时事情的确不如期望，会觉得焦躁，这种时候就来我这里抱怨吧。”

“……来你这里只会被叫去打杂吧。”

她鼓着脸颊瞪人的模样真可爱。

“我又不是来哭诉的！我才没那么脆弱咧！”

她挺起胸膛如此声称。

小仔鹿虽然被排挤，却没有因此一蹶不振。

早上走进教室，她都会笑着对同学打招呼。即使对方假装没听见，她还是继续跟其他人道早安。

因此，大家都想停止这种孩子气的行为了，只是还得顾虑命令她们漠视小仔鹿的幕后主使，所以无法停止。

那个孩子的情况更复杂，更不好应付。

不过，小仔鹿应该不会输给她。

像这样思考着学生的事，我就觉得自己也成为普通的人类，为此感到安心。

然而空洞的时间依然会随时降临。

我又快要想起悠人了，急忙挂上微笑。

“别担心，我想要不了多久，你就能轻轻松松地交到朋友喔！”

小仔鹿还是不太相信地撅起嘴巴。

阿流打了电话又传了短信，我只回复说学校的工作很忙，可能有一阵子没办法去帮他煮饭。

不知怎的，我有点害怕见到阿流。

就这样经过几天，请产假的横山老师带着婴儿来学校。

这时机差到让我不禁怀疑神明或许很讨厌我。

大家满脸笑容地围着婴儿，一副很兴奋的样子。

“他叫做优人，优秀的优，人民的人。”

念起来跟悠人一样……虽然是个常见的名字，我却觉得胃肠纠结了起来。

“对了，也让竹田老师抱抱看吧。”

“哇，真的可以吗？”

我忍着想吐的感觉，笑着抱起穿着怪兽婴儿服的软绵绵物体。

“我是千爱哟！”

婴儿笑了，那笑声割划着我的心脏。

牛奶的味道令我头昏。

“呀，笑了！好可爱喔！真想带回家！”

骗人！

我慢慢放空的心中谴责着自己。

“啊，真是的，没想到小宝宝这么柔软呢～抱在怀里就有种好幸福的感觉喔！”

我才没这么想！

我明明觉得很恶心，想要立刻把他丢开啊！

“竹田老师，我等一下要去找校长，不好意思，可以请你帮忙照顾一下吗？”

“好的，交给我吧。啊，我可以抱去让学生们看看吗？”

“可以呀，麻烦你了。”

我只想尽快把这个温热的生物塞给别人。

心里渐渐变空的感觉快要让我忍受不住。

我到了走廊，见到小仔鹿。

小仔鹿好像很喜欢婴儿，婴儿摸到她，她就开心得面红耳赤、非常兴奋。

其他学生也围了上来，纷纷说道“好可爱”、“小千，让我抱一下”。

啊啊，婴儿果真是“可爱的”，不这么想的我才奇怪！

但我非笑不可，不然会让学生起疑。

就在此时……

“啊，彩！”

堀井彩世来了。

她是我们班的领导人物，也是排挤小仔鹿的主使。

总觉得她的模样不太对劲，她看到婴儿顿时脸色发青。

“怎么了？”

我一靠近，她就害怕地伸手推开我。

“别过来！讨厌！别把婴儿抱过来！”

婴儿哇哇大哭。

“因、因为我感冒了……会传染给婴儿……对不起！”

小彩浑身颤抖地解释，接着拔腿就跑。

难道小彩也讨厌婴儿吗？小彩明明是个普通的女孩，怎么会……

我想她一定有什么隐情。

隔天，有人通报我小彩和小仔鹿在打架，我急忙跑到教室。

她们两人的头发都乱糟糟，脸也肿了，不顾裙子翻起，揪着对方又是打耳光又是抓脸的，小彩甚至把椅子高举过头，情况真是非同小可。

我介入两人之间，叫她们住手，小彩把椅子砸向窗户，大喊一句“你懂什么”，然后跑出教室。

“堀井！”

小仔鹿追了上去，我也跟在她们后面。

——你懂什么！

听到她这句话的瞬间，我突然有种错觉，像是一把冰冷的刀子插进心脏，所有感情都从那里慢慢流出。

因为小彩说的没错，我什么都不懂。

怎么办？

如果现在“那个”来了要怎么办？

在这么紧急的时候……

如果我又什么都感觉不到，该怎么办？

我追着小彩，不安得几乎无法呼吸。

小彩跑出校门，冲向亮着红灯的路口时，我想起了好朋友小静被我害得惨死车下的事。

狂啸而来的汽车。

“咚”的钝重声音。

倒在马路上不动的小静。

扩散开来的鲜血。

用空洞眼神看着这一切的我。

那时候的我什么都感觉不到！

身体突然失去所有力气，我在马路前瘫倒。

我虽然看到小彩平安地过了马路，心情还是无法恢复，身体也动弹不得。

我对焦急的小仔鹿挤出一句“快去追小彩”。

小仔鹿拔腿狂奔，我看着小彩和小仔鹿的背影渐渐变小。

我也非去不可。

可是我站不起来。

心里也毫无反应。

什么都感觉不到。

可是、可是……非去不可，因为我是她们的老师。

我蹒跚地站起身，勉强跨出步伐。

夏天阳光洒落在我的头上，汗水流得像瀑布一样，我却连热度都感觉不到。

我知道自己的脸已经失去所有表情。

戴不上面具了，只能靠着“非去不可”的义务让自己前进。

好不容易追上她们的时候，小彩正跨在陆桥栏杆上，扭曲着脸孔大叫。

她说现在的父母跟她没有血缘关系，所以弟弟出生之后他们就不理她。

小仔鹿死命说服小彩，小彩却听不进去。

她说谁都不了解她的心情。

我站在楼梯上看着她们，心情就像看着人工制作的画面。

啊啊，还是不行，还是一样空洞。

学生受到创伤而走投无路，就快跳下铁轨，我的心里仍然毫无感觉。

怎么办……该怎么办才好？不只没资格当人，我连当老师的资格都没有。

“我只想死！”

喊出这句话的是小彩。

小彩把踩在栏杆里的脚跨上去，准备翻到另一侧。

“堀井！不行啊！”

小仔鹿试图阻止。

我朝小彩走过去。

“是啊，我是不懂。”

小仔鹿望向我，小彩也望向我。

两人都惊讶地睁大眼睛。

一定是因为我的脸跟面具一样毫无表情。

“我不懂小彩为什么想死，也不懂小彩在烦恼什么，在闹什么脾气。”

我不懂。

心里渐渐地变空，人该有的感情都不见了。

小彩害怕地看着我。

我继续朝小彩走近。

“小彩感觉到的痛苦、难过、悲伤、寂寞，我一点都不懂。即使小彩从那里摔下去，被电车碾得爆出内脏，变成零零碎碎的尸体，我也没有任何感觉。”

对，就算事情真的变成那样，我也不会有任何感觉。

我没资格当人，没资格当老师。

我也想死啊！

这时小彩喃喃说道：“不要，我不想死……”

小仔鹿从后面大喊：“既然如此就快回来这边啊！堀井！”

小彩脆弱地看着小仔鹿。

“快过来！堀井！”

小彩又看着我，似乎很害怕，正想把脚移下栏杆时，身体突然往外倒。

白皙的双手伸向半空。

心里还没有感觉到什么，身体就先动了。我伸出双手用力抓紧她的手，使劲把她拉回来。

我站不稳脚步，一屁股坐倒在地。

有个温热沉重的东西压在我身上。

小彩攀在我的胸前，哭喊着：“我不想死！我不想死！”

我的心还是一样空荡荡的，但是映入眼中的天空蓝得刺眼。我突然感到，我跟小彩都还活着呢……

虽然心里那么空洞，什么都感觉不到，完全束手无策，我还是救了小彩……

我抱住小彩，用老师的口气说：

“……既然如此，就别再做这种事了，小彩。”

回学校的路上。

小彩还是哭个不停，小仔鹿一直牵着她的手。

我怀着空洞的心情慢慢走着。

感觉还是没有恢复。不过，既然小彩得救，那就算心一直空洞下去也无所谓……正当我这样想的时候……

我看见阿流站在校门前。

他是什么时候来的？

只是碰巧经过？

还是早就在那里等待？

他开朗地看着我，举起右手打招呼。

自从看见他跟悠人在一起的那晚以来，我有好一阵子没去见他。我明明是那样避不见面……但他还是以不变的眼神、不变的姿势站在光芒之中。

喉咙咕地响了一声。

脑袋里感觉到清脆悦耳的铃声。

空荡荡的心里有个温暖的东西静静降下。

朝阿流走去的脚步自然加速。

冻结的表情开始消融，好像快要哭了。

胸口、喉咙都在颤抖。

阿流眯起眼睛，疼惜地笑着，慢慢朝我走近。

——不管是说谎的小千或空洞的小千我都喜欢。

阿流总是对我这样说。

每次听见这句话，我的心底深处都会热起来，感到甜蜜。

我也喜欢阿流，我也爱阿流。

所以……所以啊，阿流……

看到长得很像阿流的悠人，我就想到如果自己生了小孩，那也是阿流的孩子……可是我又担心自己没办法爱这孩子……明明是我最爱的人的孩子……

阿流展开双手，他的笑容耀眼得像我刚才在陆桥上看见的天空。

我冲到阿流的怀中时，或许泪水已夺眶而出。

阿流紧紧抱着我。

就算内心空洞，我还是救了小彩。

虽然什么都感觉不到，我还是朝小彩伸出手。

我呜咽地对阿流轻声说出：

“我……想要阿流的孩子……”

这是我见到悠人之后既排斥又渴望的事。

我依然不安、恐惧，但我相信当时为了救小彩挺身而出的自己。

我不是“人间失格”。

阿流抱得很紧，抱得我有点痛。

他欣喜的声音从我的耳边轻轻掠过。

“嗯……”

后记

大家好，我是野村美月。

插话集也写到第三本呢。这样东写西写的，不知不觉就写了一堆新故事。

我一直很想写夕歌、球谷老师和晴音的故事。

从本传《背负污名的天使》开始，我就一直很喜欢夕歌。

夕歌从这次的短篇到本传之间发生了很多事，有改变的部分，但也多少留下一些不变、闪闪发亮的部分吧。

晴音就像继承夕歌心情的人。夕歌无法达成的事，或许她有朝一日可以实现，或许她能成为球谷老师的珊塔，这些就交由各位读者自行想象。

为本作提供声乐知识的樋口先生，非常感谢。当我说明剧情以后，被问了“这是像野田妹那样的故事吗”，而我淡淡地回答“不，完全不一样”。感谢您详尽地回答我的问题，真的帮了我很大的忙。

竹田老师和小仔鹿的故事曾在网络上连载，“奋斗的小鹿和胆怯的旅人”则是新写的短篇，这也是我一直很想写的故事。

竹田从本传的《渴望死亡的小丑》以来成长了很多呢。她的烦恼今后或许还会延续下去，但她一定有办法克服。

流人到底会不会去找工作呢（笑）？我总觉得他会永远游手好闲……不过，他的身边有很多能干的人，应该不会有事的。

这本书会在剧场版“文学少女”上映之前出版。

有件事想借这机会诚心地拜托大家。虽然觉得可能为时已晚，我也怀疑在这里恳求的效果不大，但我还是很想说，那就是……

请尽量依照出版顺序阅读本系列！

此外，还有一件最重要的请求。

《怀抱花月的水妖》的阅读顺序请放在《绝望恸哭的信徒》之后，《迈向神境的作家》之前！

出版顺序是这样的：

《文学少女　绝望恸哭的信徒》

《文学少女　怀抱花月的水妖》

《文学少女　迈向神境的作家》

请不要跳过《怀抱花月的水妖》，也别把它接在《渴求真爱的幽灵》后面阅读。我非常清楚看到这本书的人，有百分之九十九都看完本传了，但还是想在此拜托，如果各位的身边有人正要开始看，请务必提醒他们出版的顺序。

接下来要向大家报告，日吉丸晃老师的《文学少女和美味故事》第二集即将在四月发售！琴吹同学和芥川等人以人偶剧演出的名作剧场非常可爱，我极力推荐！

日吉丸老师的《文学少女的诗人系列》也要在 ASUKA 月刊开始连载了！我也非常期待漫画版的反町和小森喔。

此外，跟剧场版有关的 DVD 和 Fan Book 将会陆续发售，还有和 PIZZAHUT 合作的短期广告，以及文学少女的咖啡厅企划，请大家多多注意官方网站。

下一本就是《文学少女　见习生的毕业》了，夏天再见啰。

二〇一〇年三月三日　野村美月

※ 本书引用、参考了以下著作：

《潮骚》(三岛由纪夫著，新潮社出版，一九五五年十二月二十五日发行，一九八五年九月十五日八十五刷改版。)

《好色五人女》(井原西鹤著，晖峻康隆译注，角川书店出版，一九五二年十二月二十日发行。)

《歌行灯》(泉镜花著，岩波书店出版，一九三六年二月十日第一刷，一九八八年九月十六日第四十四刷改版发行。)

《かわいい女・犬を連れた奥さん》收录之〈谷間〉(《在峡谷裡》，契诃夫著，小笠原丰树译，新潮社出版，一九七〇年十一月三十日发行，二〇〇五年二月十五日第四十五刷改订。)

《オペラ対訳ライブラリー　プッチーニ蝶々夫人》(《原文对照歌剧图书馆　普契尼“蝴蝶夫人”》，戸口幸策译，音乐之友社出版，二〇〇三年三月十日发行。)

《名作オペラブックス 18　ワーグナーさまよえるオランダ人》(《歌剧名作

十八　瓦格纳“漂泊的荷兰人”》，山本宏译，音乐之友社出版，一九八八年六月二十日发行。）

《ライ麦畑でつかまえて》（《麦田里的守望者》，J·D·塞林格著，野崎孝译，白水社出版，一九八五年九月二十日发行。）

《ティファニーで朝食を》（《蒂凡尼早餐》，杜鲁门·卡波特著，村上春树译，新潮社出版，二〇〇八年二月二十五日发行。）

《明治大正　翻訳ワンダーランド》（《明治大正翻译秘境》，鸿巢友季子著，新潮社出版，二〇〇五年十月二十日发行。）

后记。

充满了非固定班底角色的《插话集 3》。
真想不到竟然有机会把纱代画上彩页。

编辑大人、美编大人，
这次也有劳你们的关照！

竹岡美穂

……希望牛园同学能得到幸福。

各篇首度出处

“文学少女和烈火熊熊的牛魔王”（刊登于FBonline二〇〇八年十二月号）

“文学少女今天的点心～《好色五人女》～”（刊登于FBonline二〇〇七年五月号）

“文学少女和初陷情网的女仆”（本书初次公开）

“文学少女今天的点心～《在峡谷里》～”（刊登于FBonline二〇〇七年四月号）

“伤痛的绅士和无垢的歌姬”（本书初次公开）

“未孵化的歌姬和彷徨的天使”（本书初次公开）

“远子阿姑的秘密”（本书初次公开）

“迷途的小鹿和说谎的人偶”（刊登于FBonline二〇〇九年二月号）

“奋斗的小鹿和胆怯的旅人”（本书初次公开）

“小丑的自言自语”（本书初次公开）